次から次へと

めおと相談屋奮闘記

野口　卓

集英社文庫

目次

次から次へと

めおと相談屋奮闘記

主な登場人物

信吾　黒船町で将棋会所「駒形」と「めおと相談屋」を営む
波乃　楽器商「春秋堂」の次女　信吾の妻
甚兵衛　向島の商家・豊島屋のご隠居　「駒形」の家主
常吉　「駒形」の小僧
権六　「マムシ」の異名を持つ岡っ引
天眼　瓦版書き
ハツ　「駒形」の客で天才的将棋少女
正右衛門　信吾の父　浅草東仲町の老舗料理屋「宮戸屋」主人
繁　信吾の母
正吾　信吾の弟
咲江　信吾の祖母

女房喰い顚末

一

「また来たぜ」

声とともに格子戸を開けて、権六《ごんろく》親分が入って来た。手下《てか》を連れずに来たとなると、どうやら信吾《しんご》と話したいらしい。

「親分さん。お久し振りでございます」

信吾が挨拶すると、常連客たちも一斉に声を掛け、あるいはお辞儀をした。

将棋会所「駒形《こまがた》」を開いたころは三日にあげず顔を見せていたので、まさに「また来たぜ」であった。ところが大手柄を立ててからは、町の衆になにかと頼られることが多くなったらしい。五日、七日、十日、半月と、次第に間遠になっていた。

それにしても間が空いて、前回から半月ほどが経《た》っていたため、信吾はつい「お久し振りで」となったのだ。

権六は八畳と六畳の表座敷、そして板の間の客たちに、底光りのする目を向けた。ほとんどが常連だが、見掛けぬ顔がいると長く目を留めている。

「どうでえ、変わったことはねえか。変なやつが顔を見せた、なんてことはなかっただろうな」

「親分さんがときどき顔を出してくださいますので、悪人どももここは避けているようでございますよ」

家主の甚兵衛《じんべえ》がさり気なく持ちあげる。

「それはなによりだ。まあ、席亭さんの武勇伝が瓦版に載ったので、悪党どもも迂闊《うかつ》に顔を出せねえんだろうよ」

「古い話じゃないですか、親分さん」

信吾はそう言ったがさすがに照れくさい。

「だがな、気を付けなくちゃならねえぜ。いかにもって悪人面をしたやつは、実のところは悪人じゃねえから気にせんでもええ。本当の悪人はだな」

そこで権六は言葉を切ったが、すぐには続けなかった。それがいつもの手なのはわかっているものの、だれもが将棋を指す手を休めて権六に目を向けた。

「もの静かで、虫も殺さぬって顔をした優男《やさおとこ》こそ、どうしようもねえ悪党だから気を付けねばならんのだ。つまりおれさまのような輩《やから》ってことだな」

権六は背が低く、胸はやけに分厚くて、しかもガニ股であった。ちいさな目が左右に開いているのでマムシと呼ばれ、厳《いか》つい赤ら顔から鬼瓦とも渾名《あだな》されている。

虫を殺さぬどころか、暴れ馬や特牛《こっとい》さえ避けて通りそうなご面相だ。優男にこれほど縁遠い男はいないだろうが、いくら冗談であっても、よくぞ言えたものだと呆《あき》れるしかない。

もっとも、いかにもという悪人面の意味でなら、権六は悪人でないということになる。もしかするとそれが言いたかったのだろうか。

まさか声をあげて笑う訳にもいかないので、常連客たちは控え目に微笑《ほほえ》んでいた。

「親分さん。お茶をどうぞ」

小僧の常吉《つねきち》が盆に湯呑茶碗《ゆのみぢゃわん》を載せて差し出したが、権六は受け取らない。

「茶は向こうで呼ばれるからいい」

権六は顔に似ず味がわかるようだ、とは言いすぎだろうか。一度、向こう、つまり母屋で飲んだだけなのに、味のちがいに気付いたらしい。将棋会所では、多くの人に日に何度も出すこともあって、信吾たちが飲む茶より二、三級は品を落としていた。

「では、のちほどお寄りください」

以前はおどおどしていた常吉だが、岡っ引に対しても、いつの間にかそれらしい口が利けるようになっていた。かれなりに扱い方がわかったからだろう。

権六が先に立って住まいのほうに歩き出したので、信吾は日和下駄《ひよりげた》を履いてあとに従った。

信吾が嫁の波乃《なみの》と住むようになってほどなく、母屋と呼んでいる住まいに権六がやって来たことがある。波乃と意気投合して談笑しているうちに、手掛けている事件の解決の糸口を摑《つか》んだらしい。それもあって、すっかり気分を良くしたことがあった。

以前、信吾と話していておなじようなことがあり、商家に押し入る直前の悪党一味を、一網打尽にして一気に名を高めていた。それからも信吾と雑談しているうちに閃《ひらめ》きを得て、事件の解決に結び付けたことが何度かあったらしい。

そこへ波乃が加わったのだが、初日に早速手応えがあったのだ。それもあって終始機嫌がよく、これまで以上に頻繁に寄せてもらうぜと言っていた。言葉どおりその翌日にやって来たが、信吾は午前中ずっと指導の予定が入っていたため会っていない。

それからというもの一向に姿を見せなかったので、もしかすると女中のモトのせいかなと信吾と波乃は話していた。

前回、権六が来たおり茶を出した波乃はそのまま相手をし、やがて信吾が加わって話が弾んだ。そのためかなり経ってから、モトが替りの茶を出したのである。

ところが思い掛けない遣《や》り取《と》りがあった。

「まさかと思いましたが、やはり権ちゃん、失礼、権六さまでしたのね」

「モ、モトさんじゃないですか。どうしてここに」

短くはあったが、淡々とした口調で「権ちゃん」と言ってから「権六さま」と言い直したモトと、「モトさん」と言った権六の狼狽《ろうばい》振りがなんとも印象深かった。もちろん二人の関わりについて、モトも権六もひと言も話さなかったし、信吾と波乃も訊《き》くようなことはしていない。

信吾や波乃と話していて、毎日でも来そうな口振りだっただけに、モトが原因なのではと思ったのである。

モトが「権ちゃん」と言い、権六が「モトさん」と口籠もったのだ。となると、だれが考えたってモトの立場が上だろう。権六は信吾たちと話したくとも、モトと気まずい思いをしたくないので、遠慮して足が遠退《とおの》いたのではないだろうか。

もっともそれは気の廻《まわ》しすぎで、本来の町方としての仕事が多忙だっただけなのかもしれない。

「親分さんは頼られることが多くなって、常にいくつも仕事を抱えてらっしゃるので、なにかとご多忙でしょうね。ですがそういうときこそ、こちらに息抜きにいらしてくださいよ」

「おうよ。そう思ったんでな、別嬪《べっぴん》さんの顔を拝ませてもらいに来たってことだ」

言いながら権六は柴折戸《しおりど》を押したが、その音に気付いたらしく明るく弾んだ声がした。

「あら、親分さんではありませんか。いつお見えになるだろうと、首を長くしてお待ちしておりました」

波乃は八畳の表座敷で、針仕事をしていたらしい。布、針山、物差しなどが置かれていた。それを素早く片付ける。

「嘘《うそ》だとわかっていても、そう言われるとうれしいぜ。おう、待っていてくれたってのは本当のようだな。首が一尺（約三〇センチメートル）も伸びてるが、それにしても美人は首が伸びても美人だ」

「少しお待ちくださいね。洗足盥《すすぎだらい》を用意しますので」

「いや、かまわんでもらいたい。あまりのんびりもできんのでな」

権六は濡縁《ぬれえん》に腰をおろすと、信吾にも自分の横に坐《すわ》るようにうながした。

一度、消えた波乃が、湯吞茶碗を載せた盆を手にすぐに引き返したのは、権六の声を耳にしたモトが手際よく用意したからだろう。

茶碗を手にした権六は口に含むと、目を閉じてしばらく味わっている。ほどなく下に置いた。

「あちこちから頼りにされるので、暇が作れないだろうと話していたところでね」

信吾が波乃にそう言うと、権六は手をおおきく横に振った。

「貧乏暇なしってやつでな。まったく次から次へと、どうでもいいような話が持ちこまれてうんざりだ。早《はよ》う手下を育てんことには、のんびり酒を飲むこともできん」

「そう言えば新しい人が入ったようですが」

権六には浅吉《あさきち》という子分がいたが、手柄を挙げてから二人増えて三人になっていたはずだ。

「入れ替えたんだ。今のおれにゃ三人以上の面倒は見切れんので、浅吉を辞めさせた。なんとか一人前にと思っていたんだが、向き不向きがあるからなあ。であれば見切りを付けてやらんと、浅吉のためにならねえ。手先が器用なんで職人になったほうがいいと思ったんでな、知りあいの履物屋、と言っても下駄の歯入れ屋が主な仕事だが、その弟子にしてもらった。ちょっと齢《とし》は喰《く》ってるが、今ならぎりぎりなんとかならんこともあるまい。手さえ動かしておりゃいいし、人と遣り取りせずともすむから、浅吉もなんとか勤まると思うんだが」

「そうだったんですか。たしかに浅吉さんには、そのほうがいいかもしれませんね」

権六が初めて「駒形」に来た日、信吾と話していると浅吉が呼びに来たのだが、よくたしかめもせず泡を喰って駆け付けたらしかった。

なんのことはない。亭主が軽い気持で女房を驚かそうと、置手紙を残して女と駆け落ちしたふうを装ったのだ。それを見破った女房が、衝撃で心の臓がやられて死んだ芝居をしたので大騒ぎとなったのである。

少し冷静になればわかっただろうが、浅吉はあわてふためいた。鈍重で要領が悪く、少しも先が読めないのに、権六はよく我慢して使っているとと思ったものだ。

「替わりに安吉《やすきち》ってのを入れたんだが、こいつは浅吉よりは見込みがありそうでな」

「ええ、なかなか鋭いですし、ものごとをよく見ていますね」

「おッ、どういうことでえ」

弟子にして間もない安吉について信吾が触れるとは、権六は思いもしなかったようだ。

「このまえ親分さんの供をして来たとき、庭にいた揚羽蝶《あげはちょう》をひと目見ただけで、雄と見抜きましたから」

「おッ、どういうことでえ」

権六はおなじ言葉を繰り返したが、意味あいがまるでちがっていた。

先のは軽い調子であったが、二度目は信じられぬという思いが強かったのだ。いや、信吾の言った意味がわからなかったのかもしれない。ちいさな目を一杯に見開いていただけでなく、声にも驚きが溢《あふ》れていた。

波乃も権六とおなじように瞠目《どうもく》しているが、こちらはおおきな目をさらにおおきく見開いている。蝶に雄雌の区別があることはわかっていても、まさか見分けられるとは思ってもいなかったはずだ。

「雄も雌もまるでおなじに見えますし、雄雌が見分けられない種類がほとんどです」

蝶には前後に各二枚、計四枚の翅《はね》がある。例えば紋白蝶《もんしろちょう》などは静止しているのを見ても、雄と雌を区別することはできない。

揚羽蝶は明確にちがっている。前翅《ぜんし》は雄雌ともに形も色もおなじだが、後翅は形がまるで別物であった。雌はゆったりと丸まっているのに、雄は途中から窄《すぼ》まって、先端が丸味を帯びた突起状になっている。

「木の葉にとまって翅を休めているとか、湿った地面で水を吸っているときには雄か雌かわかります。しかし安吉さんは、飛んでいるのを見分けたのですから、注意力が鋭いし、よくわかっているということです。なぜなら春型ですからね」

「春型ぁ、だと。なんでえ、そりゃ」

「揚羽蝶には春夏秋の三つの型がありましてね。春型はまえの年の秋に蛹《さなぎ》になって冬を越さなければならないためか、夏型や秋型より二廻りほどちいさいんですよ。安吉さんは、ちいさな春型の雄雌を見分けたんですから」

ふーッと権六はおおきな息を吐いた。

「てことは信吾も、飛んでる蝶の雄雌を見分けられるってことだな」

鎖双棍《くさりそうこん》のブン廻しで鎖の繋《つな》ぎ目を見る鍛錬を続けている信吾には、蝶の飛翔《ひしょう》などは緩やかな動きでしかない。しかしそんなことは言う訳にいかなかった。

「てまえは手習所に通っているころは、蝶々や蜻蛉《とんぼ》、それに甲虫《かぶとむし》を育ててましたからね。特に揚羽蝶を育てるのは、なによりの楽しみでした」

権六と波乃の目は、軽い驚きから驚嘆に変わっていた。

二

権六が波乃に、あまりのんびりできないと言っていたのを思い出したが、信吾はもう少し続けることにした。

「揚羽蝶は、蜜柑《みかん》とか枳殻《からたち》の葉っぱの裏に卵を産み付けるんですよ。半分透けた白っぽい卵から孵《かえ》ったばかりは、黒と茶と白の混じった鳥の糞《ふん》のような芋虫でしてね」

おそらく鳥に食べられないように、長い期間を掛けて鳥糞《ちょうふん》に似せて身を護《まも》るようになったのだろう。

その殻というか、鳥の糞みたいな皮を破って出て来る幼虫は緑色をしている。蜜柑の葉とおなじ色なので、動かなければ鳥に見付けられる心配はない。幼虫は育つにつれ何度か殻から出ておおきくなり、やがて蛹になる。

「そして蛹から蝶が出てきますが、このときほど胸がドキドキすることはありません。羽化と言って、蛹から蝶になる瞬間まで雄雌がわからないですからね。蛹の背中が割れて蝶が這《は》い出てくるのですが、初めは翅が縮こまっているのでわかりません。翅が伸びるにつれて、ある瞬間に雄か雌かがわかるんですよ。あのときのうれしさったら、ほかに喩《たと》えようもないですね」

しかし権六の頭にあったのは、べつのことであったようだ。

「ほう、そうけえ。安吉が蝶の雄雌を見分けられるとはなあ」

「蝶と言っても揚羽蝶ですけれどね」

「人は見掛けによらねえって言うが」

「蛹のときに雄雌を見分ける方法があるのかもしれませんが、てまえにはわかりませんでした。もしかすると安吉さんは、ご存じかもしれませんね」

権六はまたしても、ふーッとおおきな息を吐いた。吐いただけでなく、まるで自分とはちがう生き物であるかのように、信吾を見ていたのである。

一方の波乃は胸に手を当てると、目を輝かせながら信吾を見詰めていた。それは見合いの席で、「こんなあたしでもお嫁さんにしていただけますか」と言ったときの目と、まったくおなじであった。

波乃を見て思わずというふうに苦笑した権六だが、すぐに真顔にもどった。

「それにしても、人って生き物は妙なもんだぜ」

揚羽蝶の雄雌のことを夢中になって話すのに呆れたのだろうと思ったが、どうやらそうでもなさそうだ。

「信吾のように、ちょっとでも困った人の悩みをなくしてやりたい、心配事を消し去ることができればと、相談屋を始めるやつがおるかと思うと」

「相談料をもらっていますから、褒められたことでもないでしょう」

報酬無料ならともかく金を取っているのだから、そんなふうに言われるとこそばゆい。

「いや、そういう思いでいるってことが、凄《すご》いとおれは思うんだよ。かと思うと、蝶の雌雄を見分けることに夢中になっておる」

「子供っぽいってことですね」

「そういう気持がちょっとでも、せめて胡麻粒《ごまつぶ》か罌粟粒《けしつぶ》ほどでも残ってりゃ、こちとら、くだらんことに振り廻されずにすむのだが」

どうやら煩わしい仕事に関わっているらしかったが、そういうことについては、信吾は相手が話し出すのを待つようにしている。その気になりさえすればこちらから訊かなくても、自然と語り出すからだ。

先刻から権六は、庭に来て地面を突《つつ》いて虫を探したり、草を啄《ついば》んだりしている椋鳥《むくどり》の一群を目で追っていた。全部で十羽ほどいる。

翼と首や胸は灰色っぽい茶褐色なので、じっとしていると地味でくすんでいるが、嘴《くちばし》と脚が黄色いためけっこう目立つ。しかもちょこまかと、ひっきりなしに動くのである。

「妙だなあ」

「なにがでしょう」

「人がいたら傍《そば》に寄らねえはずなんだがな。なのにこいつら二間《けん》（三・六メートル）か三間（五・四メートル）ほどしか離れとらんのに、逃げようとせん」

「こちらが、なにもしないのを知ってるからじゃないですか」

「それにしたって、鳥は臆病だからここまでは近付かねえぜ」

権六が不意に右手を振りあげると、椋鳥は一斉に飛び立って、近くの木の枝か塀の上、離れた地面などに降り立った。ところが一羽だけは、もとの場所から動かずに信吾と権六を見あげている。

「純真《じゆんしん》は、親分が怖い人じゃないとわかるみたいですよ」

信吾がそう言うと権六は怪訝《けげん》な顔になった。

「ジュンシンだって。なんだそりゃ」

「そいつの名前ですよ。純粋の純に真《まこと》という字です。なぜかわたしに懐いたので、名前を付けてやりました」

「純真なんちゅうと、まるで坊主のような、それもなったばかりの小坊主みてえな名だな」

「そう言えば、お坊さんにありそうな名前ですね」

「しかし名前を付けたと言ったって、鳥にはわかるめえ」

「純真、純真」

信吾が呼ぶと、純真はチョンチョンチョンと飛び跳ねながら寄って来た。十歩ばかり近付くと、首を傾《かし》げたのである。まるで「なんでしょう」とでも言いたげであった。いつの間にか、ほかの椋鳥ももとの場所にもどっていた。

「信じられん」

「なにがでしょう、親分さん」

「さっき、おれが手を振りあげただろう。ああいうふうに驚かしゃ、鳥なんてもんは飛び去って、二度と近付きゃしねえ。浅草寺《せんそうじ》の境内にいる鳩《はと》は餌をもらいたいので、あつかましくもすぐに寄って来るがな」

「てまえが純真と仲良しで、そのてまえと話しているから、親分さんは怖い人じゃないと、わかるのだと思いますよ」

権六はなにも言わなかったが、どうやら信じているふうではない。であればと、信吾は右の掌《てのひら》を上にして腕を差し出した。

「純真、ここにおいで」

名を呼ばれた椋鳥は、素早く羽搏《はばた》いたと思う間もなく信吾の掌に乗っていた。権六の驚くまいことか。波乃がそっと姿を消したことにも、気付かなかったようだ。

「い、いつからこうなったんだ」

「将棋会所にはお客さんがたくさんお見えなので、あちらにいるあいだは鳥たちはようすを見ていたようです。すっかり慣れたのは、こちらに移ってからですね」

「てことは、二十日になるかならぬかだろうが。たったのそれだけで、ここまで慣らしたのか」

「慣らそうなんて気はありませんし、慣らそうたって、いくら時間を掛けても慣れてくれませんよ」

「だが、慣れてんじゃないか」

「この人は絶対に安心だって、信用してくれたのでしょうね。餌もくれるし、悪い人じゃないようだって」

「はい。お米を持って来ましたよ」

波乃がそう言って、掌の椋鳥の足許《あしもと》に米粒を置いたが、純真は食べようとしなかった。

「あら、なぜ食べないの、純真は」

「だって、自分だけ食べる訳にはいかないだろう」

「あッ、そうね。鳥は人よりも、ずっと仲間思いだから」

波乃が下手から掬《すく》うようにそっと庭の椋鳥たちに米粒を投げたが、一羽も飛び去ろうとはしなかった。仲間が餌をもらったのを知って、純真は掌の米粒を啄み始めたのである。

権六はまるで手妻でも見せられたように、半ば放心したような目をしていた。いや、目が見たものを、そんなことがあろうはずがないと、頭が懸命に打ち消していたのではないだろうか。

「おれの知ってる椋鳥と言やあ」

「ええ、わからないでもないですが、一体どっちが迷惑でしょうかね」

「どっちが迷惑、だって。まったく信吾ときた日にゃ」

信吾がなにを言おうとしたかを察したのか、語尾を濁して権六は黙ってしまった。

江戸っ子が椋鳥と呼ぶのは、冬のあいだ、つまり秋の終わりから春先に掛けて、集団で江戸に出稼ぎに来る人たちのことである。

大勢で群になって騒がしいので、揶揄《からか》って椋鳥と呼んでいた。冬場、空が暗くなるほどの大群になった椋鳥が、ギャーギャーと騒がしい鳴き声を発するのに似ている、との皮肉であった。

俳人の小林一茶《こばやしいっさ》は信濃《しなの》から江戸に奉公に出た人で、「椋鳥」と侮辱されたことがあったそうだ。「椋鳥と人に呼ばるる寒さかな」という俳句を残していると、信吾はなにかで読んだことがあった。「寒さかな」が、それまでのすべてを受け止めて、重く切ない心情を伝えている。

椋鳥と呼ばれて迷惑なのは鳥の椋鳥なのか、集団の出稼ぎ人たちなのかと信吾は言ったのだ。しかしそれこそ余計なお世話で、いっしょにしないでもらいたいと、双方から文句が来そうであった。

掌の米粒を食べ尽くした純真は、ちらりと信吾に目をくれてから、仲間のところにもどって行った。

「信吾の爪の垢《あか》でも煎じて飲ましてやりてえやつらが、ゴマンといてな」

権六がそう言ったので思わず顔を見ると、親分はじっと餌を啄む椋鳥たちを見ていた。

「ご冗談でしょ。薬どころか、毒にもなりませんよ」

「毒なら好都合だぜ。たっぷりと飲ませてやりてえもんだ」

鬱屈が溜《た》まりに溜まったか、よほど厭《いや》な思いをしたのかもしれなかった。それだけに、いや、だからこそ、うっかりしたことは言えない。波乃がしばらくまえから俯《うつむ》いて黙っているのは、口を挟むべきでないと感じたからだろう。

「おのれがおなじ人間であることを呪いたくなるほど、下劣極まりないやつらばかりだ」

権六が吐き捨てた。

「どうせ金を手に入れるなら少しでも余分な力は使いたくねえ、楽をしたいと思うのは人の情だろう。しかしまったくなにもせずに、人が汗を流して得た金を、口先だけで騙《だま》し取る。勘ちがいさせて掠《かす》め取る。騙し取られたほうが気付かぬほど巧みにな。近ごろ、そういうやつらがやたらと増えてきた。自分がそういう連中とおなじ人間なんだと思うと、情けなくなるぜ」

権六が言うのももっともだと思わぬでもないが、まったくそうですねと認めるのも哀《かな》しいことだ。

「そういう面もあるかもしれませんが、人なんですから、善い面だってあるのではないでしょうか」

権六がひどく驚いたように背筋を伸ばしたのは、自分があれこれ考えているときに、不意に信吾の言葉が闖入《ちんにゅう》したと感じたからにちがいない。自分の思いがそのまま言葉になっていたとは、思ってもいなかったのだろう。

三

しばらく信吾を見てから権六は言った。

「信吾だから言えるこったな。いや、信吾でなきゃ言えるこっちゃねえよ」と、ふたたび権六の目は庭の椋鳥に向けられた。「善い面だってある、か。そうだよな。だがそれも次第に減って、めったにお目に掛かれなくなっちまった。だから、おれはここに来るのかもしれん。ここに来ればそれをたしかめられる。人には悪い面ばかりじゃねえ、善い面もあるのだってな」

「親分さんはお仕事柄、どうしても悪いことをした人に面と向かわなければなりませんものね」と、波乃が控え目に言った。「あたしたちの代わりに、一人で受け止めてくださってるようで、なんだか申し訳ない思いでいっぱいです」

「おお、止《よ》しとくれ、波乃さん。ありがてえが、御用聞きが同情されるようじゃあ、お終《しめ》えだあな」

「同情だなんて、とんでもないですよ」

「気持だけはありがたくもらっとこう」と言って、権六は音を立てて腿《もも》を叩《たた》いた。「なんでか知んねえが、信吾と知りあってからは本音を洩《も》らすようになってな。自分でも信じられねえのだ。それまでそんなことは一度だってなかったもんで、驚いとるのよ。町方、つまり町奉行所の与力や同心の旦那にしろ、御用聞きの仲間にしろ、そいつら、じゃなかった、みなさま方のいる所で本心を語るとか、うっかり洩らすなんてことはねえ。信吾は信じねえかもしれんが、まるでねえんだよ。仕事のこと、つまり賊の手口とか、盗人《ぬすっと》どもの繋がりとか、それまでにあったあれこれの比較とかは、包み隠さず話す。でなきゃ下手人を挙げられねえし、解決できねえからな。だが、裏のこと、とりわけおのれの心の裡《うち》は明かさねえものだ」

「町方の人たちとはそうかもしれませんが、お家《うち》では」

言ってから、迂闊であったと信吾は後悔した。権六の家族のことを、知らなかったからである。妻子がいると聞いたように思うが、記憶は曖昧であった。

もしも権六が独身《ひとりみ》であれば、もしくは所帯を持ったことがあったとしても、離別、あるいは死別したことだって考えられぬことではない。とすれば信吾の問い掛けは、辛《つら》い、あるいは寂しい思いをさせるに決まっている。自分たちが新所帯《あらじょたい》だけに、権六にとっては堪《こた》えるのではないだろうか。

権六は口を閉ざしたが、それも長くはなかった。

「一切《いっせつ》話さねえのよ。いっしょになったときに、そうしようと決めたんだ」

妻帯していることがわかって、それだけで信吾は随分と気が楽になった。

「でも、おかみさんは話してもらいたいのではないですか」

「だろうな。だが悪人をとっちめるのが御用聞き、岡っ引の仕事だぜ。善人が止《や》むを得ず悪に手を染めねばならぬこともあれば、騙されて悪い連中に加担したお人好《ひとよ》しだっているだろう。罠《わな》に掛けられて家族や友を護るために、悪を働くしかなかった者もいるはずだ。だがいかなる理由であれ、悪に手を染めれば、悪を働けば、悪人って判を押されんだよ。根っからのワルをひっ捕らえたときは気持もいいし、自慢したくもならあ。だがな、長年この仕事をやってると、生まれながらのワルがいかに少ないかが次第にわかってくるのだ。だが理由はどうであれ、悪を働いた以上、そやつをそのままにしてはおけねえ」

思い描くこともできなかった重さを、信吾は受け止めた気がした。

「できることなら伴侶《つれあい》にはなにもかも話すべきでしょうが、話せない、話したくないことのほうが遥《はる》かに多いということですね」

「そりゃ、胸がすくような痛快な手柄話をして喜ばせてやりたいし、喜ぶ顔を見たいと思わんこともない」

「だがそうじゃないほうが多いとなると」

「多いなんてもんじゃない。大半がそうだ。八、九割、いやもっとだろうな」

「そんなに」

「害を蒙《こうむ》ったほうはたしかに気の毒だ。害を及ぼしたほうに同情するのはおかしいが、わからぬでもねえと言いたくなることがいかに多いことか。なんてことを、町方の同業を相手に言えるかい」

「言える訳ありませんね。でしたら、てまえに話してくださいよ。相談屋のあるじは口が堅いですから、絶対に人に洩らすことはありません」

「だから、そうしてるじゃねえか」

権六は苦笑したが、笑いにそれまでのような苦味は感じられなかった。

「でしたね。自分で言っておきながら、なんと間抜けなことを言ってしまったんだろう」

「そこが信吾のいいところで」

「悪いところでもある」

「と言いたいが、悪いところはねえ」

なにか言おうとしたが言葉にならず、信吾は笑ってしまった。権六も笑ったが、ほどなく真顔になった。

「波乃さんのいるところで、言うべきことではないだろうが」

「えッ、なんでしょう」

自分の名が出るとは思ってもいなかったらしく、波乃は目を円くした。

「仕事のことは女房には一切話さないし、胸が弾むようなことであれ、うんざりするようなことであれ、なにがあっても顔に出さないようにしておるのだ。鬼瓦の顔、謂《い》わば仮面で押し通しておるのよ」

と言うことは、権六は自分が鬼瓦の渾名で呼ばれていることを知っているらしい。

「ところがいかにそうしても」

「おかみさんにはわかるのですね」

「わかるらしい。なんだ、信じちゃいねえようだな」

「そんなことありませんよ」

「しかし、信じられませんってか」と、権六はにやりと笑った。「岡っ引が手柄を立てると、同心の旦那の成績になるのだが、すると旦那から寸志が出る。まさに寸志としか言いようがないほどの、雀《すずめ》の涙ではあるのだがな。であってもうれしいものなのよ。周り、つまり与力や同心の旦那、おなじ御用聞きの見る目が変わるからな。町の衆からの頼み事が増えるってことは、謝礼が増えるってことなんだが。ま、こっちのほうが遥かにうれしいことではある」

「わかるのですね」

「手柄を立てる、つまり成績を挙げても、顔には出さない」

「それなのに、わかるのでしょう」

「手柄を立てた次の晩にはかならず、ちっちゃいが鯛《たい》の尾頭付きと、銚子《ちょうし》が一本付いておるのだよ。だから信吾」

「はい」

「どんなに惚《とぼ》けたって、力んだって、女房には勝てないと思い知れよ」

「それに関してなら日々、身に染みてますから」

「ちょっと待ってくださいな」

波乃が、いくらなんでも、というふうに割りこんだ。

「それじゃまるであたしが、近ごろよく言われるかかあ天下のように、信吾さんを尻に敷いてるみたいじゃありませんか」

「おう、そうだったのか。ちーッとも気が付かなんだぜ」

「まあ、ひどい。親分さんまで」

権六はニヤリと笑った。

「こちとら、そんなこと言っちゃいねえぜ。それより、波乃さんに信吾」

「は、はい」

「声をそろえなくてもいい」と苦笑してから、権六は続けた。「二人は伴侶という言葉を知っとるな」

「ええ、もちろん」

「ちッ、また声をそろえやがった。ま、それはいいとしよう。伴侶とはどういう意味だ」

「つれあい、ですよね。いっしょに行く人、旅の道連れなんかにも使いますが、普通は婚礼を挙げた相手のことでしょう。夫にとっての妻、妻にとっての夫」

「手習所の師匠ならそれでも点をくれるかもしれんが、相談屋のあるじとしちゃ、もう一歩踏みこまんことにゃ」

「ですが」

「伴侶の伴は、人の半分ずつがいっしょになっているという字だ」

「あッ、なるほど。では、侶は」

「呂《りよ》には背骨の意味がある」と、権六は空中に字を書きながら言った。「ということは、伴侶とは半分ずつの人が一人の人間となって、一つの背骨を持つ、という意味だな。ゆえに夫婦は同体ということだ」

「権六親分、凄いことをご存じですね。まるで学者先生じゃないですか」

「見縊《みくび》らんでもらいてえなあ。南北町奉行所の与力、同心、それに御用聞き数ある中で、権六親分ほどの物識《ものし》りはおるめえ」

「でしょうね」

「けッ、馬鹿正直に信じやがる。まったく、調子が狂うったらありゃしねえ。知らぬ者なき物識り、なんてことはある訳ねえだろう。ある学者先生絡みの揉《も》め事《ごと》のカタを付けてあげた折に、教えられたことの受け売りでな。そうでもなきゃ、一介の御用聞きがそんな難しいことを知ってる訳がなかろうが」

「でも、いいことを教えていただきました」

波乃がそう言うと信吾もうなずいた。

「伴侶にそんな深い意味があるとは知りませんでしたよ。まったくてまえときたら、知らないことばかりで恥ずかしい」

信吾がそうつぶやくと、しばらく間を置いてから権六が言った。

「ところで信吾は、女房喰いってのを知っとるか」

「女房、喰い。女房喰い、ですって」

　思いもしない言葉について問われ、信吾と波乃は顔を見あわせた。聞いたことがないだけでなく、なぜそんな言葉を権六が出したのか想像もできなかった。

「知る訳ねえよな。これほど縁遠い言葉はねえや、信吾たちには」

「女房喰いという言葉からすれば、女房を喰い物にするってことでしょうけれど」と言って、信吾は思いを巡らせた。「まるで訳がわかりません」

「町人のあいだではまだほとんど知られちゃおらんので、当然と言えば当然だろうな」と言ってからも、権六はどこか迷っているふうであった。「祝言を挙げたばかりの二人に話すこっちゃねえかもしれんが、めおと相談屋を始めたのだから、耳に入れとけばそのうち役に立つかもしれん」

　権六はそう言ったが、信吾と波乃が挙げたのは仮の祝言なので、正式の夫婦とは言えなかった。しかし、すでにいっしょに生活しているのだから、訂正することもないだろうと信吾は黙っていた。

　町衆にはまだあまり知られていないと権六は言ったが、話したのは結婚と離婚についてである。

　男社会ということもあって、離婚は原則として亭主の側からしかできない。しかも正当な理由がなくても、去り状を渡しさえすれば離婚が成立した。妻は黙って従うしかないのである。

庶民だけでなく、武家でも家禄が少ないと持参金には縁がないか形だけだ。ところが裕福だとか、地位が高い場合にはかなりの額を用意した。

いかに男社会であるとは言っても、ちゃんとした理由がないのに一方的に離縁されては、妻の側はたまったものでない。

そのため持参金付きであれば、夫の側はその全額を返却しなければならなかった。さらに仲人に渡した通常一割の謝礼金も、いっしょに返さなければならないのが決まりである。

百両の持参金であれば、仲人への一割の謝礼十両を加えた百十両を、耳をそろえて返さなければならない。これでは夫の側も簡単に離縁する訳にいかないので、いわば保険のようなものと言っていいだろう。娘が離縁されないために、親はむりをしても額を多くする傾向にあった。

どうしても離縁したいと妻の側から申し出ることはできなくもないが、その場合、夫は持参金を返さなくてもいいので、とんでもない不公平である。

「まったく人とは悪賢いものでな、そこに目を付けた連中が現れた」

そこまで言われれば、信吾にもおおよその見当は付いた。

「持参金目当てに、初めから追い出すのを目的に娶《めと》る者がいるのですね。それで女房喰いということですか」

「そんな、そんなひどいことを」

波乃は思わずというふうに口を押えたが、顔は心なしか蒼褪《あおざ》めていた。

「波乃さんには酷な話だが、そういうことなんだよ」

四

花婿側が家族ぐるみでいじめ抜いて、嫁が自分から出て行くしかないように仕向ける。そうすれば労少なくしてかなりの金が手に入るので、はっきり言って「濡《ぬ》れ手で粟《あわ》」であった。

母親や仲人に涙ながらに訴えても、嫁いだ以上は婚家のしきたりに従うしかないので我慢しなさい、とか、心構えができていないのであれこれ言われるのです、などと取りあってもらえない。

しかたなく堪《こら》えようとしても、相手側は初めから追い出すつもりなので、ますます過酷になる。ともかく出て行かないかぎり止めないのだから始末に負えない。地獄のほうが遥かに楽だろうと思うほど、責め苛《さいな》まれるのだ。

「嫁にとってなにが一番堪《こた》えると思うかね」

「姑《しゅうとめ》の責めですかね」

信吾がそう言ったのは、姑の嫁いびりがいかにひどいかという話を、どこかで耳に挟んだことがあったからだ。

「まさに信吾の言うとおり、姑の嫁いじめは女同士だけに、男からは思いも及ばぬほど凄《すさ》まじいらしい」

「そうでしょうね」

「あたしは亭主、夫、旦那さまだと思います。だって、一生添い遂げようと決めていっしょになった相手でしょ。その人に裏切られるなんて、とてもじゃないけど堪えられないと思うの」

「波乃さんの言うのも一理ある。さっき言った伴侶だとすればな。自分とおなじ体のはずなのに、その半分というか、いや半分に分けられんのだ、同体だから。それに裏切られると言うことは、わが身を引き裂かれるなんてもんじゃない。心まで裂かれてしまうのだからな。自分自身に歯向かわれるのだ。これはどうしようもないし、どこにも訴えることができん。そりゃ辛かろう」

「ですよね」

「だがな、信吾に波乃さん。それ以上にむごいことがあるのだよ」

散々ひどいことを聞かされた二人は、それ以上と言われて思わず顔を見あわせた。

伴侶で同体のはずの夫、同性で自分もかつては嫁として義母にいびられただろう姑、それ以外に、それ以上にひどいことをする人が果たしているのだろうか。いるとすればそれは人ではない。鬼とでも言うしかないではないか。

「夫も姑も、もとは他人だぜ」

「あッ」

二人は同時にちいさく叫び、自分の声に驚いて思わず口を塞いだ。しかし言わずにいられない。

「自分の身内」

「母親、だわ」

波乃は悲鳴に近い声を呑《の》みこんだ。

「そうとも。嫁入りした娘にすりゃ、なにが辛いと言って身内、特に自分を産んでくれた母親にわかってもらえぬことほど、辛いことはなかろうぜ。いや、わかっておってもどうにもできぬとなりゃ、母親もおなじか。となると娘も地獄、母も地獄ってことだな」と、権六は痛ましげに波乃を見た。「可哀想《かわいそう》だが波乃さん、めおと相談屋の片割れなんだから我慢して聞きな」

波乃は返辞ができず、ただ力なくうなずくだけだった。声にならない分、何度も繰り返しうなずいた。

「嫁のいびり出しがうまくいって味を占めた連中は、おなじことを繰り返す。追い出したあとに、またしても持参金付きの嫁を迎えて追い出すのだな。娘の親は離縁されぬようにと願うので、むりをしても持参金を多くする。そこが女房喰いにとって絶好の付け目となるってことだ。となると娘想《むすめおも》いの親の恩情が、当の娘をさらなる苦しみに追いこむことになる」

信吾としては、そんな暴虐はなんとしても認めたくない。

「ですが、いびり出したのがわかっているのですから、次の嫁の来手はないのではないですか」

「いびり出したと、どうしてわかるんだよ。あの嫁は残念ながら家風にあいませんでした、ですむことだぜ。嫁がいくら訴えたところでだな、言い訳、弁解と取られるだけだ。そりゃ、十回も繰り返せば、いくらなんでも周りの者だって変だと思うだろう。しかし二、三回、うまく運べば五回だって重ねられぬことはねえ」

「まさか、そんな」

「それがまさかじゃない証拠には、女房喰いって言葉が生まれたのを見ればわかろうってものだ」

「そんなひどいことを、お武家さんがやっているのですか」

「ん、どういうことでえ」

「町人のあいだではほとんど知られていないって、おっしゃったでしょう」

「要点を押さえているところは、さすが相談屋のあるじだ。武家のあいだで問題になっておるらしいんだが」

「町人のあいだでも、出始めたんですね」

「お武家のあいだだけでやってりゃいいものを、町人を喰いものにし始めたのだから始末が悪い」

それでなくても驚くことばかり聞かされたのに、そう言われて理解できなくなってしまった。聞かされていた断片が、うまく繋がらなくなったのだ。

戸惑った顔を見あわせる二人を見て、権六はなにかを思い出したようである。

「おめえさんたちゃ、十分一屋《じゅうぶいちや》と言ってもわかるめえ」

初耳だった。どんな字を書くのかも見当が付かない。

「慶庵《けいあん》は知っとろうな」

「口入屋ですね」

まだ波乃を迎えるまえのよろず相談屋のころ、両国にある慶庵を通じて相談を持ちこんだ客がいたので、信吾もどういう稼業かは知っている。

慶庵は口入屋とも言われているように、仕事の斡旋《あっせん》業者であった。仕事を求めて江戸に出て来た人たちが主な客だが、江戸生まれで職を探す者も世話になっている。そういう者たちを商家の奉公人、職人の弟子、武家の中間《ちゅうげん》や小者として周旋し、手数料を取っていた。

また、今よりも手当のいい仕事に就きたいと思わぬ者はいない。あるじはいい人だがおかみさんとソリがあわないので、見世を変わりたいという者なども、慶庵で新たな奉公先を紹介してもらうのである。

「十分一屋は、十分の一屋の縮まったものだという」

「すると仲人ですか」

持参金の一割を、仲人が謝礼として受け取ると聞いたばかりだ。

「おうよ。仲人と言えば、普通は親戚とか取引先、武家の場合は上役など、親しい人とか世話になっている人に頼むわな」

持参金は取り扱う額がおおきいので、仲人の手数料の一割はけっこうな額となる。奉公人の斡旋料などとは、桁がちがうのだ。そのため慶庵の中に、仲人を専門にする者が現れたのは当然の成り行きだろう。

仲人は双方、つまり婿側と嫁側の家の格、縁戚関係、資産や経済的内情の釣りあいを考慮する。また当然だろうが、嫁となる娘の器量もおおきな意味を持つとのことだ。

娘が美人かどうかが持参金の額に影響するのは、だれが考えたってわかることである。

それらをあらゆる角度から擦りあわせ、両家が得心のゆく持参金の額を決めるのが、仲人の一番重要な仕事であった。

　金が絡むと事情が変わることは、なにごとであろうとおなじである。

　なにしろ持参金の一割が手に入るのだから、仲人はあらゆる手を使って額を吊《つ》りあげようとする。娘が不器量であれば、親を怒らせない範囲でほのめかし、少しでも持参金の額をあげようとするなどは常套《じょうとう》手段だ。

　仲人はなんとしても縁談をまとめたいので、双方に当たりのいい言葉でささやき続ける。場合によっては粉飾も厭《いと》わないため、仲人口という言葉が生まれた。

「儲《もう》けの期待できる仲人を専業とする慶庵が現れたことは、よくわかりました。女房喰いはお武家のあいだでおこなわれているとのことですが、すると慶庵がお武家の仲人をするようになったのですか」

「そんなこたぁ、できる訳がねえ」

　士農工商という厳然たる身分が決められていて、最下位の商人が最上位の武士の仲人をすることなど、とてもではないが考えられないことだ。

　四民の筆頭にある武家は扶持《ふち》が決まっていて、加増なり役職による足高《たしだか》がないかぎり収入は増えない。ところが時代とともに諸物価は高騰し、支出は増えるばかりであった。

　四民の最下位とされた商人は、才覚次第では一代で長者となることだって可能である。

　金が金を産むの言葉どおり、莫大《ばくだい》な財を成す商人が登場することになった。ところが武家は、収入が増えないのに支出ばかり重なって逼迫《ひっぱく》してしまう。

やがて大名や旗本に、金を貸し付ける商人が現れることになった。そのため地位と実質が逆転したのだが、いかに困窮していようと武家は四民の筆頭で、裕福であっても商人が最下位であることは変わらない。

咽喉《のど》から手が出るほど金がほしくてならぬ武家と、娘を武家に嫁入りさせ、商家であっても格をあげたい者が現れる。

「町人が武家同士の仲人をするなど考えもできん。そこで仲人専業になった慶庵が、武家に商家の娘を取り持つことになったのだ」

「ですがお武家と商家では、縁組できないのではないですか」

「当然だな。身分に差がありすぎる」

「お妾《めかけ》さん、つまり囲い者にという話は聞きますが、それは正式な妻ではありませんよ」

「十分一屋は妾も世話するそうだが、持参金が関係ねえんで、それ相応の謝礼が出る。世の中、何事にも裏、抜け道というものがあるからな。連中は商家の娘を、武家の妻として売りこむのだ。もちろん余分な金が掛かるが、金で解決できるならなんだってする商人はいくらでもおるのよ」

武家の社会は形式で成り立っているので、形式さえ整えば大抵のことは通用する。

仲人役の慶庵は、ねらいを定めた武家と商家を取り持つ。多額の持参金付きの商人の娘を嫁にしたい武家甲と、ほぼおなじ格の武家乙に娘を一時的に養女にしてもらうのだ。当然だが乙に対して謝礼が必要となる。

この場合、書類が整いさえすればいいので、娘は実際に養女として乙家で暮らさなくてもよい。甲は当該の娘を妻として迎えるが、一時的に乙家の養女となっただけでも、商家でなく武家の娘を妻としたことになる。もちろん嫁となった娘は、そのまま武家の妻女として一生を終えることになるのだ。

だが武家甲と仲人がグルで、最初から女房喰いを目的としていた場合、悲劇が起こるべくして起きる。

明らかな犯罪でありながら、書類に不備がなく、形式が整ってさえいれば、武家や仲人が罪に問われることはない。

「ということでな、悪辣極まりない武家と、生き馬の目を抜こうって慶庵の悪行が蔓延《はびこ》っておるのよ。商家の娘を娶って追い出し、持参金を得るという理不尽を繰り返しとるのだ。商家を喰い物にし、娘の一生を台無しにしても、やつらは毛ほども悪いと思っちゃいねえからな」

「なんとかできないのですか、親分さん」

「そうですよ。そんなひどい人たちに、目に物見せてください」

信吾と波乃に真剣な目で迫られて、権六は歯痒《はがゆ》そうに顔を顰《しか》めた。

「二人に言われるまでもねえ。こちとらだってなんとかしてえんだが、お武家を取り締まるのは目付の役目で、町方はお武家には指を触れることもできんからな」

「それにしたって、人の弱みに付けこむお武家もお武家だし、仲人も仲人だわ」

「そう息巻かんでくれよ」

「だって、ひどいじゃありませんか」

「たしかにひどい話だ。しかし娘を武士の女房にして、それをちらつかせながら商売に活《い》かそうって下心が見え見えの商人も、とても善人とは言えまい。いや、けっこうなワルじゃねえのか。お武家や仲人の慶庵に負けぬワルと思えるがな、こちとらに言わせてもらえば」

権六にそう言われ、信吾も波乃も反論できなかった。

「しっかりしとくれよ、お二人さん」と言って、権六は立ちあがった。「これくらいのことで驚き、半泣きになるようじゃ、めおと相談屋は続けられねえぜ」

まさにそのとおりなので、頭をさげるしかない。

「いろいろ教えていただいて、ありがたかったです。こういうことは、親分さんのほかにはだれも教えてくれないですから」

履物を履いたままだったので、権六は柴折戸のほうに向かい始めた。信吾があとに続こうとすると、波乃も見送ろうとしたらしいが沓脱石《くつぬぎいし》に履物がない。取りに行こうとするのを権六が押しとどめた。

「甚兵衛やみんなにひと声掛けたら、すぐ帰らあ。ここでいいぜ」

「でしたら、お言葉に甘えて失礼させていただきます。親分さん。お忙しいでしょうが、ときどきお顔を見せてくださいね」

「おお、そうさせてもらおう。今度は楽しい話を持って来らあ」

波乃が縁側で深々とお辞儀をすると、権六は片手をあげて柴折戸に向かう。

生垣のところで権六は、ここまででいいやとでも言いたげに、拡《ひろ》げた掌を見せて信吾に言った。

「椋鳥だから純真ってか」

「純真無垢《むく》からなんて、芸のない名付け方ですね。だけど、すなおなやつだからぴったりでしょ」

「ああ、いい名だ。ほんじゃ、嫁さんを慰めてやんな。平静を装ってはおったが、大分まいってるようだからな」

柴折戸を押した権六に信吾は頭をさげた。

将棋会所に顔を出すべきだが、権六の助言に従ったほうがいいと思ったからだ。それに用があれば、常吉か甚兵衛が大黒柱の鈴で報《しら》せてくれるだろう。

五

信吾が表座敷にもどったところに、茶碗を載せた盆を持ってモトが現れた。

「替えのお茶をお持ちしましたが、お客さまはお帰りのようですね」

いかにも擦れちがいになったようだが、信吾にはわざとずらしたような気がしないでもない。なぜなら権六は、前回よりずっと長く話していたからである。野太い声で権六だとわかっているはずなのに、お客さまと言ったのだ。

モトは信吾と波乃のまえに湯呑茶碗を置くと、空の茶碗を持ってさがった。

二人はしばらく、ただ黙って茶を飲んだ。

思いもしない話を次々と聞かされたせいか、渋みのある茶が、咽喉だけでなく、体のあちこちの強張《こわば》りを解《ほぐ》してくれるのが心地よい。

「人って怖い生き物ですね。あたしもその一人だと思うと」

「たしかに怖い人はいるし、程度の差はあっても人は怖いことを考えることもある。だけどほとんどの人は、自分が怖い思いをしたくないので、人にも怖い思いをさせたくないと思うのではないだろうか」

「親分さんは、あたしたちにあの話をしたくていらしたのかしら。それとも話しているうちに、やはり伝えておかなければと、気が変わったのでしょうか」

「なぜ、そう思う」

「座敷にあがってもらおうとしたら、あまりのんびりできないとおっしゃったわ」

洗足盥を用意すると言ったら、かまわないと言って濡縁に坐り、信吾にも坐るようにうながしたのである。

「新しく面倒を見ることになった安吉さんの話になって、次は蝶々に移ったでしょう。それから」

「椋鳥だったね」

「ですから、いらしたときには、親分さんはすぐにお帰りになるつもりだったと思うの。でも気が変わったのじゃないかしら」

「気が変わった」

「信吾さんの爪の垢でも煎じてって、急に言い出したでしょう」

「たしかに、あの前後でガラリと調子が変わったね」

「信吾さんが、椋鳥に純真って名前を付けたって話をしましたね。蝶々とか椋鳥の話を夢中になって話すのを聞いていて、あまりにものほほんとしているから」

「のほほんは、いくらなんでもひどくないかい」

「ごめんなさい。でも、ほかに言葉が浮かばなくて」

なお悪いと思ったが文句は言わない。

「で、のほほんとしてるから」

「親分さんは、却《かえ》って悪い人たちのことを思わずにいられなかった、という気がしたのです」

「でも、女房喰いの話になるまで、いろいろあったよ」

権六が家では仕事の話をしないとか、伴侶の意味などに話題が移り、そうこうしているうちに女房喰いの話になったのである。

「親分さんは話すか話すまいかと迷っていて、なにかをきっかけに、やはり話そうと踏み切られたような気がしてならないの」

「わたしは、女房喰いの話をするかどうか迷いながら、親分はここに来たような気がしてならない。最初から迷っていたと思うんだ。ずっと迷ったまままいろんな話をしていたけれど、伴侶の話になったとき、めおと相談屋を始めた二人には、やはり話しておかねばならないと思ったのではないだろうか。それだけ親分にとって、重い話だったという気がするんだ」

「なぜ親分さんにとって重い話、という気がするのでしょう」

「話を聞いていて、話の背景というか、骨組みのようなものが見え隠れしたんだ。親分が女房喰いを仕掛ける連中の考え方や手口に詳しいのは、役目からも当然かもしれない。

だけど害に遭った側の辛さ、無念さを、なぜあれほど話したのだろうと思ってね」

「たしかに、娘も地獄、母も地獄と言われたとき、親分さんはそこまで考え、おわかりなんだって驚きました」

「深読みのしすぎかもしれないけれど、親分の知りあいの娘さんのことかもしれない、という気がしてならないんだよ」

考えてもいなかったのだろう、波乃は驚きを隠そうともしなかった。

「どういう関わりかまではわからないが、親分とごく親しい商家の娘さんのように思えてならない。その娘さんがお武家に嫁入りできて、玉の輿《こし》に乗ったとだれもが喜び祝ったのに、女房喰いの餌食になったとしたら」

波乃は息を吞み、思わずというふうに口許を掌で押さえた。

「親分にすれば、とても人に話せることではない。御番所の与力や同心の旦那にはもちろん、おなじ御用聞き仲間にも、心の裡は明かさないと言っていたからね」

「おかみさんにさえ、良いことも悪いことも話さないと言ってました」

「それまでそんなことはなかったのに、なぜか信吾には本音を洩らしてしまうと言っていただろう。親分にとってわたしは、どういう理由かはわからないが、話しやすい相手なのかもしれない。相談屋だから絶対に他人《ひと》に洩らす心配もないしね。これまでにも、町方の親分がこんなことまで話していいんだろうかと思ったことは、何度もあったたんだ」

　ずっと感じていたことだが、自分のおかみさんや御番所のお役人、おなじ岡っ引仲間にも一切話さないと聞いて、ますますその思いを強くしたのである。

「それでも今回だけは、迷いに迷っていたのではないかな。だから親分の話したあれこれを突きあわせると、考えられることはそれしかないという気がしてね。子供のころからずっと知っている女の子で、親分はその子を可愛《かわい》がっていたと思うんだよ。その子が娘さんになって、女房喰いの餌食となったら、しかもだれにも話せないとしたら」

　波乃は畳に目を落としたまま、黙ってしまった。

　もしそうだとしたら、その娘は波乃とおなじ年頃のはずだ。やはりそこまで言うべきではなかったかと、信吾は軽い後悔に囚《とら》われていた。相談屋の仕事に関しては一切隠し事をしないと言ったが、これは相談屋の仕事ではないのだ。

　波乃がまるで塑像ででもあるかのように微動もしないので、信吾の気持は次第に重くなっていく。

　気丈なようでも、意外と脆《もろ》い面があるのかもしれない。強いと見せかけているという訳ではないだろうが、そこそこの商家でなに不自由なく育った、世間のこともあまりわからない十八歳なのだ。多少のことなら驚かないと思っていたが、さすがに女房喰いは埒外《らちがい》だったのだろう。

平静を装っているが大分まいっているようだ、と権六も言ったばかりではないか。それなのに権六の知りあいの娘が女房喰いの餌食になったかもしれないなどと、推測にすぎないことを口にしてしまったのである。

そんなことはあり得ないよ。自分の思いすごしだろうから、忘れてくれと言おうとしたときだった。

波乃が静かに顔をあげたが、感情を押し殺しているように見えた。そして目の光が、今までに見たこともないほど強く感じられたのである。

「親分さんがいらしてからのことを、順に思い起こしてみました。信吾さんのおっしゃるとおりだと、あたしも思います」

「波乃とわたしに話したことで、親分の重苦しい心がいくらかでも晴れて、軽くなってくれたならいいのだけれど」

「もし信吾さんの話したようだとしたら、いえ、あたしはほぼまちがいないと思いますけど」

「もしかすると親分は、わたしたちに話したことを後悔してるかもしれない。そうではなくて、いくらかでも心が安らかになってくれたらと願うだけだ」

「迷いに迷い、悩みに悩んだけれど、親分さんはわたしたちに話してくれました。だれにも話したことがないし、話せない話を」

「しっかりと受け止めなければならないと思う」

「とても大切だと思うの。心ですものね。目に見えないものを、その一部だとしても見せてくれたのだから」

「御用聞きの親分だものな。普通なら考えることもできんよ」

「ねえ、信吾さん」

思わず顔を見たのは、その声の明るさのためだった。

女性としては低めだが、落ち着いた、それでいて明るいのが、波乃の声の特長だ。ほんの少しまえまでとはまるでちがった、いつもの波乃の声にもどっていたのである。

「あたしたち、忘れていませんか」

「なにをだい」

「なにもかも、暗い、悪い方向に向かうのではなくて、明るく、良く捉えなければならないということ。若さに伴う経験と知識のなさは、欠けているのではなく、ものごとを新鮮な目で見ることのできる武器だって」

言われなくても、信吾は頭の中では十分にわかっているつもりだ。しかし現実の問題となると、とそこで思わず笑ってしまった。それこそ暗い方向、悪い方向へという考え方だったからである。

「笑いましたね、旦那さま」

「笑いましたよ、愛《いと》しの女房どの」

「普通なら考えることもできないことさえ、権六親分さんが話してくれたのですよ。これはね、いいからいいから、めおと相談屋はそのまま前向きに突っ走れ、ってことじゃないかしら。みんなが力を貸すから、貸してくれるから、心配しなくていいぞ。相談に来た人の悩みを解決することだけに、力を注げばいいんだよって」

「まったく、自分で言っておきながら、それを波乃に言われるんだから世話ないや」

チリリ、チリリリ、間を置いて、チリリ、チリリリと大黒柱の鈴が鳴った。指導か対局を望む将棋客が来たとの合図だ。

「よしッ」

膝を叩いて信吾は立ちあがった。

「お仕事は大事にしてくださいね、ただしあたしの次に」

六

権六親分が訪ねて来た翌々日の午後、信吾は浅草広小路に面した東仲町《ひがしなかちょう》へ出掛けた。両親が営む会席、即席料理の「宮戸屋《みやとや》」に用があったからだ。

用を終えたのは八ツ半（三時）まえだが、見世を出るなりその声が耳に飛びこんで来た。

「女房喰い殺しだ、一大事。女房喰いが、殺された。女房喰いを、知ってるかい。知らなきゃこれを、読みなされ」

区切り区切り唄うような瓦版の売り子の声に、信吾は愕然《がくぜん》となった。

声を聞くなり凝固したので、あとから来た男が避《よ》けられずに背中に激しくぶつかった。痛みで思わず呻《うめ》き声《ごえ》が出た。

「馬鹿《ばっか》野郎。危ねえだろ、気を付けて歩きやがれ。唐変木が」

呶鳴《どな》られたが、自分が悪いので「すみません」と謝るしかない。

相手は睨《にら》み付けはしたものの、信吾のほうが遥かに背丈があるので、それ以上の悪態は吐《つ》かずに足早に去った。

瓦版売りは編み笠で顔を隠し、かならず二人で行動する。

一人が左手の腕に山形に重ねた瓦版を載せ、右手に持った字突き棒で見出しや挿絵を示しながら、自慢の美声を聞かせて売り捌《さば》く。もう一人は見張り役で、少し離れた場所で周りに目を配っている。

御公儀《おかみ》は瓦版を発行する板元の住所と発行人の名前、記事を書いた者の名を明記するように命じていた。だがそれを守る者などいない。かなり際どい記事を書くことがあるので、捕縛されないためにほとんどが住所や名前を明かさなかった。そのため、万が一に備えて常に二人一組で動いている。取り締まりの同心や岡っ引の姿を目にすれば符《ふ》牒《ちょう》で合図し、それぞれ逆方向に雲を霞《かすみ》と逃げるという寸法だ。

しかし瓦版は庶民にすれば楽しみの一つでもあるので、幕政を批判しないかぎり御公儀は目零《めこぼ》ししていた。

売り子が独特の口調で声を張りあげる。

さてもお江戸のみなさま方よ
女房喰いを知ってるかい
涎垂《よだれ》らしたお人がいれば
不味《まず》いとおっしゃる御仁もござる
自分の女房じゃないんだよ

ドッと笑いが起きた。

子供たちはおもしろがって棒手振《ぼてふ》りの小商人《こあきんど》の売り声を真似《まね》るが、瓦版売りの口上もよく口ずさむ。調子がよくて、一度聞いただけで憶《おぼ》えられるからだろう。

信吾は駆け出しながら、懐の巾着《きんちゃく》から四文銭を取り出していた。波銭《なみせん》を突き出すなり、売り子から瓦版をひったくるように受け取った。

逸《はや》る気持を抑えて、ごった返す広小路を足早に吾妻橋《あづまばし》の袂《たもと》まで人波を縫うようにして抜けた。背後で売り子が、女房喰いと呼ばれる慶庵の一人が何者かに殺されたと、声を張りあげている。

吾妻橋の袂で右手に折れると、大川の右岸を下流に向かった。川に沿った道は人通りも少ないので、瓦版を拡げて読み流し、それから「まさに天誅《てんちゅう》」の見出しで始まる文を、ていねいに読み直した。

二日まえに権六が話したのと、おなじことが書かれていた。権六の話になかったのは、喰い物にされた新妻が大川に入水《じゅすい》し、遺骸が百本杭《ひゃっぽんぐい》に引っ掛かっていたということくらいである。苦しみのあまり体が乱れぬようにと、足首と膝の上部を細紐《ほそひも》でしっかり縛ってあったというのが、涙を誘わずにおかなかった。

「またもや天眼《てんがん》か」

読み終えるなり声に出していた。瓦版なので署名はないが、信吾には文を読み始めてすぐに、書き手がだれかわかった。

信吾はこれまでに二度、天眼が書いた瓦版を読んでいる。

最初はインチキ医者の傘庵《さんあん》が宮戸屋を商売敵《がたき》と見ている「深田屋《ふかだや》」を煽《あお》り、食中《しょくあた》り騒動を起こしたものだった。

二度目は将棋会所「駒形」開所一周年記念将棋大会に、金を包ませる目的で現れたならず者を信吾がやっつけた武勇伝である。

どちらも評判を呼んだが、信吾は天眼の巧みな読ませ方に感心した。

まず細部から書き出すが、特徴のある、あるいは印象的な一点を捉えて、読み手の目を惹《ひ》く、いや惹き付けるのである。それから周辺に拡げていくのではなくて、一気に全体を俯瞰《ふかん》させるのだ。続いて各部に触れるが、以後は融通無碍《むげ》に全体と細部を行き来して展開する。

「女房喰い殺し」もやはりその手法で書かれているので、企んだ慶庵と武家、そして餌食となった商家とその娘の対比が、強烈かつ鮮やかに読み手に伝わる。

それにしてもこれは単なる偶然だろうか。

久し振りにやって来た権六が女房喰いの話をして帰った翌々日に、「女房喰い殺し」の瓦版が売り出されたのだ。

両親の営む宮戸屋が同業に嵌《は》められて食中り騒動を起こしたとき、克明な調べで事実を暴いたのは権六で、それを瓦版に書いたのが天眼だった。

廃業もやむなしと一時は覚悟したが、罠に嵌められたことが瓦版で明らかにされたため、宮戸屋は持ち直すことができた。そればかりか同業が妬むほどの見世だと評判になり、ひどい目に遭わされて気の毒との同情もあって、それまでにも増して繁盛している。

一方の深田屋は廃業に追いこまれた。

権六によると天眼は、南か北かは不明だが町奉行所の同心であったらしい。ところが失敗《しくじ》って辞めざるを得なくなり、ほどなく瓦版書きになったとのことだった。

権六は同心の手先を務める岡っ引である。詳しいことは話さないが、天眼とはかなり深い関わりがあるのではないだろうか。南か北かは不明だがとわざわざ言ったのは、天眼と親密な繋がりがあることを知られたくないためかもしれなかった。

しかも権六は女房喰いのことを、信吾と波乃に話すかどうか、迷っていたように感じられたのである。

女房喰いの慶庵が殺されたのは、権六が来た翌日ということになるだろう。さらにその翌日である今日、天眼が記事を書いた瓦版が出たとなると、因果関係を考えない訳にはいかなかった。

権六が深田屋と傘庵の企みを暴いて、直ちにそれを天眼が瓦版に書いた。

権六が相談屋にやって来て話をした翌日、女房喰いである慶庵の一人が殺され、次の日には天眼の書いた瓦版が出た。

偶然にしては、状況があまりにも似通っていやしないだろうか。

もしかすると……。

あれやこれやと状況を突きあわせ、信吾は権六がちいさなころから可愛がっていた商家の娘が、女房喰いの餌食になったにちがいないと結論せざるを得なかった。波乃も全体を洗い直して、おなじ考えに達したのである。

その娘が入水《じゆすい》したのはごく最近のことだろう。娘をそこまで追い詰めたであろう男が殺されたのが、昨日なのである。

権六は岡っ引として、さまざまな事件に関わってきた。殺人事件にも、である。ということは、どのような事情から犯行が露見するかを知悉《ちしつ》しているということだ。であれば裏をかくというか、まったく知られることなく、女房喰いを殺《あや》められるのではないだろうか。

とんでもないことだ。自分はなにを考えているのだと頭を振った。しかしいくら打ち消そうとしても、その思いは消えず、ますます強くなっていく。

いずれにせよ波乃には、瓦版を見せないでおいたほうがいいようだ、と信吾は思った。それなりの心構えはできているだろうし、多少のことに動じるような女でないのはわかっている。しかも意外と早く、波乃は落ちこみからの切り替えもできた。

ではあるが、権六から女房喰いの話をされただけではないのだ。権六の知っている娘がその餌食になったのではないかと、信吾は自分の推測を話したのである。となれば波乃は、入水した新妻と結び付けずにはいられないだろう。

強い衝撃を受けるはずである。

瓦版を書いた天眼に話を聞けるといいのだが、仕事の事情もあって住まいは不明であった。権六にさえ教えていないのである。ときおり「駒形」にも顔を見せるが、いつ来るかは見当もつかなかった。

仕事場で困ったことが起きれば常吉を走らせるということで、権六の住まいは一応訊いていた。だが信吾はまだ一度も訪れたことがない。それなのに急に出掛けたりすれば、女房喰い殺しのことだとわかるはずだし、当然、警戒するだろうから具体的なことを話してくれるとは思えなかった。

であれば来るのを待つしかない。向こうから来るということは、瓦版に関してではなくても、なにか話があるということだからである。

大川の右岸沿いに材木町《ざいもくちょう》、駒形堂《こまんどう》を中心に南北に分かれた駒形町《こまがたちょう》、そして諏訪町《すわちょう》とすぎると、早くも住まいのある黒船町《くろふねちょう》であった。

「押し掛け女房どのによろしくと、言ってましたよ」

もちろん、信吾の両親や祖母、それに弟の正吾《しょうご》が、押し掛け女房などと言う訳がない。波乃がおもしろがって自分をそう称するので、笑わそうとしただけだ。ともかく瓦版のこともあるので、普段とようすがちがうようだと勘付かれてはならなかった。

「ちょっと、両国まで行く用ができましたから」

「着替えはどうなさいます」

「羽織と履物は換えたほうがいいだろうね」

素早く着替えると、夕ご飯までにはもどれるだろうと告げて、庭から柴折戸を押して仕事場に廻った。

指導将棋も対局もなかったし、勝負を終えた客はそろそろ帰ろうかという時刻である。甚兵衛と常吉に断って、信吾は「駒形」を出た。

七

訪ねようと思ったのは、両国の横山町三丁目にある男女御奉公人口入屋の、松屋忠七《まつやちゅうしち》であった。

昨年の十二月に忠七を通じて相談してきた若い商人がいて、数日後に宮戸屋で酒食を共にしたことがある。信吾にすれば雑談にすぎなかったが、麻太郎《あさたろう》と名乗った相手は信吾と話しているうちに、縺《もつ》れた麻のごとくであった迷いが吹っ切れたらしかった。

下旬に入ってから麻太郎は荷物持ちの供を連れ、旅拵《たびごしら》えでやって来た。父の代理で信州へ行くとのことだが、律義な男で、わざわざ相談料として三両を渡しに寄ってくれたのである。

忠七を訪ねようと思ったのは、口入屋、つまり慶庵なので、瓦版にあった女房喰いのことがなにかわかるかもしれないと考えたからだ。

日光街道を十五町（約一・六キロメートル）ほど南下し、神田川を渡って浅草御門を抜けると、人でにぎわう両国広小路に出る。口入屋の「松屋」は、そこから二町（二〇〇メートル強）ほどしか離れていない。

紺地に白く松屋と抜かれた藍染《あいぞめ》の暖簾《のれん》を潜《くぐ》るなり、信吾は声を掛けられた。

「お久し振りですなあ、めおと相談屋の信吾さん」

初めて訪れたときも先に声を掛けられて驚かされたが、またしてもおなじ思いを味わうことになった。しかも「よろず相談屋」の信吾さまが、「めおと相談屋」の信吾さんと、馴《な》れ馴《な》れしくなっていたのである。

「どうやら、瓦版をご覧になられたようですが」

帳場の長火鉢をまえに坐った忠七は、座蒲団《ざぶとん》を裏返して押し出し、信吾に坐るよううながした。

自分は懐から莨入《タバコい》れを取り出すと、煙管《キセル》を抜き出した。刻みを詰めると首を伸ばして長火鉢の火を吸い付ける。ゆっくりと煙を吸い、やはりゆっくりと吹き出してから、雁首《がんくび》を五徳に当てて灰を落とした。

それを待って、信吾は切り出した。海千山千に機先を制されたからには、若造が恰好《かっこう》を付けても始まらない。

「瓦版を見てびっくりしましてね。松屋さんはおなじ口入屋さんですので、なにかと事情をご存じではないかと思いまして」

「おなじ口入屋、ねえ」と、忠七は苦笑を浮かべた。「まあ、どなたもそうお思いかもしれませんが、こちとらのような真っ当な仕事をしておる者と、女房喰いの口入屋を同列に扱われちゃかないませんよ」

「なにも知らないもので、本当に驚かされました」

「あなた方は驚いてりゃいいでしょうが、こちとらたまったもんじゃない」

「と申されますと」

「御公儀は糞《くそ》も味噌《みそ》も、おっと失礼。汚い言い方は、相談屋さんの耳を汚してしまいますな。ご容赦願いますよ」

「気になさらずにお話しください」

「女房喰いは、あまりにもひどいので周りがそう呼んでいるだけで、本人どもは当たりまえですが口入屋、人入れ業、慶庵を名乗っておりましてね。御公儀にはまったくおなじに見えるか、知ってはおっても同類と見なすってこってす。するとどうなるかおわかりでしょう。一部がよからぬことをしでかせば、待ってましたとばかり、全体に規制を掛けてきますからね。それが御公儀のいつものやり方です。しかもお武家と商家を手玉に取っての悪事となれば、締め付けは相当に厳しいものとなるでしょうな。鬱陶しいかぎりです」

「たいへんな迷惑が掛かる訳ですね」

「こうなることは予測できたんで戒めはしたのですがね、金の亡者は聞く耳を持たないのだから始末に悪い。お蔭《かげ》でまじめな連中が、とんでもない迷惑を蒙《こうむ》ることになるのです」

「戒めと申されますと、みなさんで、それとも松屋さんが」

「おいおい、又兵衛《またべえ》さんよ」と言ってから、忠七は信吾を見た。「殺されたのが又兵衛ってことは、ご存じですな」

「はい。瓦版に出てましたので」

「おいおい、又兵衛さんよ。阿漕《あこぎ》なことをやるもんじゃねえぞ、商売は地道に励め、が鉄則だろうが、と言ったんですが、根性の曲がったやつはどうしようもありません」

「まともであれば、女房喰いなどに手を染めはしないでしょうから」

「そういうことですよ。心の腐ったやつは手に負えませんからね。耳を貸さぬだけならともかく、せせら笑いましたから」

儲けの桁がちがうのに、指をくわえて見てる馬鹿はないだろう、と又兵衛は言ったそうだ。

帳面と筆を両手にして帳場に坐り、取り巻く連中を相手に、次々に条件を話して奉公先を決めてゆくのが口入屋の主な仕事だ。

「伊勢町《いせちょう》で、七十六歳になるご隠居爺《じい》さんの世話係を探しておりますよ。爺さんは若い女の人を望んでおるそうだが、婆《ばあ》さんは四十をすぎた人がいいとのことでしてね。婆さんは中風《ちゅうぶう》で手足が不自由らしいですが、世話する人がべつにいるそうだ。初めはその人が老夫婦の世話をしていたそうですが、婆さんが中風を患ってから、一人では面倒が見切れんと言い出したらしい。手当は相場の二割増しとのことですが、奉公してみようと思われる方はいますかな」

そんな調子で、十数人、ときには何十人もの奉公先を決めてゆく。しかも商家から求人の依頼が入るし、場合によっては、奉公先で面倒を起こした者の処理もしなければならない。

「それに較《くら》べりゃ仲人は持参金の一割がもらえるので、月に一つも片付けりゃ遊んで暮らせる。少なくて三十両から五十両、相場は百両。三百両だ五百両だとなると、笑いが止まらんからね。数をやたらとこなさなきゃやっていけない奉公人相手の口入屋なんて、やってられねえよ」

又兵衛はそう言って鼻先で笑ったそうだ。

「それにしても、殺されるとなると」

「天誅、まさに天誅。天誅としか言いようがありませんな。自業自得ですよ」

忠七は瓦版の見出しを繰り返した。

「いつかはこういうことも起きるだろうと思って忠告したんですが、相手が聞く耳を持たぬとなればいかんともしがたい。だけど、殺されて当然でしょうが」と言った忠七の声は、昂《たかぶ》っていた。「旅をする女をひっ捕らえて、路銀を奪った上に身ぐるみ剝ぐも同然ですよ。散々弄んだ揚句に宿場女郎に売り払う山賊と、なんら変わることなき非道をおこなったんですからね、こんな悪逆をやって、恨みを買わずにすむものですか。女房喰いに騙された花嫁には、親兄弟や親戚だけでなく、それまで関わってきた人間が一杯いるのですよ。しかも相手の女房喰いは山賊なんぞとちがって、住まいも名前もわかってるんですぜ」

「松屋さんのおっしゃることは、ごもっともですね」

語勢に圧倒された信吾がそう言うと、忠七はじっと見てから、まあいいでしょうとでも言いたげにうなずいた。

「それより、信吾さん」

「はい。なんでしょう」

調子がガラリと変わったので、信吾は思わず身構えたほどだった。

「てまえなんぞに訊くより、瓦版書きに訊《たず》ねたほうが、知りたいことはわかるのではないですか」

「瓦版書きですって」

「知りあいか、なんらかの縁のある書き手がいらっしゃるんでしょう。でなければ、続けて二度も瓦版に書かれることはないですからね」

　思わず忠七を見たが、相手は平然としている。

　一日中ではないとしてもほとんど帳場に坐っているだろうに、忠七は宮戸屋や信吾が瓦版に書かれたことを知っていた。わかってはいたが、とてもかなわないと改めて信吾は思わされた。自分なんかの敵ではないのだ。

「と言っても、住まいどころか名前すらわかりませんわな、瓦版書きは。だったら、御番所の同心か、手先の岡っ引にでも訊かれたほうがいいと思いますよ。お仕事柄、親しくされてるのではないですか。もっとも連中は肝腎なことは明かしゃせんでしょうが、鼻薬を効かせればどうとでもなる輩もいますからね」

「松屋さん、また頼みたいのですがね」

　声を掛けながら暖簾を潜って入って来たのは、商家の番頭ふうの男であった。

「もうちょっと、腰の据わった長続きするのを廻してもらえませんかね。おっと失礼、お客さんでしたか」

「いえ。てまえの用件は終わりましたので」

　信吾は座を立つと座蒲団を裏返して番頭ふうの男に勧め、忠七に頭をさげた。

「松屋さん、どうもいろいろとありがとうございました」

「お役に立てず申し訳なかったですな、めおと相談屋さん。いつでもお寄りくださいよ」

信吾と言わずめおと相談屋の名を出したのは、松屋にはそう言う客も出入りしているのだと、それとなく番頭に聞かせたいからだろう。さすがに商人である。

信吾は忠七と客に会釈して松屋を出た。

来た道を逆に辿りながら、やはり瓦版の女房喰い殺しの件を、そして忠七の語ったことを波乃に話そうと決めた。早晩わかることだし、話しておかないと権六が来たときに話が嚙《か》みあわず、戸惑うと思ったからである。

八

「また来たぜ」

その翌日、格子戸を開けて入って来た権六に、普段と変わったところはなかった。当然だろう。岡っ引の顔は仮面のようなものなので、それを剝がさないかぎり素顔は見えないからだ。岡っ引の面の皮がいかに厚いと言っても、さすがに素顔そのものを剝がすことはできない。

手下を連れていないので用向きはわかる。

目があうと信吾はうなずいて、土間に置かれた下駄を履いた。

「しばらく母屋にいますので」

甚兵衛と常吉に告げて、信吾は先に立って庭に出た。ただ黙って歩くのが気詰まりなので、なにか言おうとしたが、出て来たのは一番気になっていることであった。

「とんでもないことになりましたね。大騒ぎになって、とてもお時間が取れないだろうと思っておりましたが」

「おうよ。天と地をひっくり返《けえ》したような騒動になってら。だもんでちょっと息抜きしたくなってな。信吾と波乃さんの顔を、見せてもらいに来たって訳よ」

生垣に設けられた柴折戸を押して、信吾は権六に先に通ってもらった。

「親分さん、いらっしゃいませ」

波乃は表座敷の八畳間で琴を奏でようとしていたらしく、錦の袋から出して用意を整えたところらしかった。あわてて片付けようとしたので、権六はそれを手で制した。

「そのままで。そうだ、せっかくだから聴かせてもらおうか」

「なにしろあの件で、親分さんは大忙しでお疲れだそうだ。心の鎮まるような曲がいいと思うけれど」

信吾がそう言うと、権六は苦笑した。

「どうせなにを聴かせてもろうても、そういうものに縁がねえから、わかりゃせんのだ。

波乃さんが弾《ひ》こうとしておったのを、やってもらえればありがたい」

「わかりました、では『千鳥の曲』を聴いていただきましょう。二世の吉沢検校《よしざわけんぎょう》というお方が、お作りになった曲だそうです。本来なら胡弓《こきゅう》と奏であうものですけれど、琴だけで聴いていただきますね」

しばらく準備に時間を取られたが、ほどなく波乃は弾じ始めた。

胡坐《あぐら》をかいた権六は、腕を組んで聴き入っていたが、ときおり目を開けて絃を弾《はじ》く波乃の指先を見、静かに目を閉じることを繰り返している。盆に湯呑茶碗を載せたモトが現れたことにも、気付かなかったようだ。いや、気配は感じていただろうが、波乃の奏でる音に耳を澄ませていたということだろう。

信吾も聴いていたが、心地よくはあるものの、正直なところよくはわからなかった。手を叩く音で目を開くと、波乃が驚いたような目を権六に向けていた。

「ん、途中であったか。とすりゃ申し訳なかった」

「いえ、終わったところで手を叩かれたものですから、驚きました。よくおわかりでしたね」

「いや、なにもわからんのだが、流れのようなものを感じたのでな、ああ、終わりだなと思うて」

波乃はチラリと信吾を見た。「終わりましたけれど」と言われるまで、信吾にはわからないことが何度かあったのだ。

片付けながらも、波乃は思いに耽《ふけ》っているようであった。むりもない。権六に「女房喰い」の話を聞いたと思ったら、二日後に「女房喰い殺し」の瓦版が出たのである。

しかもその翌日、権六がやって来たのだ。あれこれ思って当然かもしれなかった。

茶が出されていることに初めて気付いたというふうに、権六が湯吞茶碗を取りあげ、茶を口に含んだ。信吾も手に取って、おなじように口に含んだ。冷めてはいたが爽やかな咽喉越しであった。いつもより渋いと感じたとき、権六が言った。

「お、いつもより渋いな」

「親分さんは体も心もお疲れだろうと思って、モトが渋めに淹《い》れたのでしょう」

波乃がそう言ったが、それについて権六はなにも言わなかった。

「下手人の目星は、なかなか付かないのではないでしょうか」

信吾はつい、思っていることを口にしてしまった。

「なぜにそう思う」

「仲人の話に乗って商家の娘を嫁にしたお武家を探し出すのは、並大抵ではありませんからね。もし見付けたとしても、嫁をいびり出したお武家が認める訳がないでしょう」

「そういうことだ。それにわかったとしても、町方には手出しができんからな」

「娘を嫁に出した商家も、やはり認めないと思います」

「当たりめえだ。金をふんだくられ、傷物にされた娘が出戻りとなった日にゃ、なにか訊き出そうとしても応じる訳がねえ」

「仲人の又兵衛さんの」

「さんは要らねえよ。それに仲人じゃねえ、女房喰いだ」

「又兵衛の遣り方は、いくらなんでもひどすぎます。恨んでるといいますか、そんな生易しいものではないと思いますが、殺してやりたいと思っていた人はいくらでもいたでしょうから」

間が長いので権六を見ると、顔を歪《ゆが》めて畳の目の辺りを見詰めていた。そして平板な声で言った。

「おりゃあ、一生の不覚と臍《ほぞ》を噬《か》んだぜ。先を越されたと、がっくりきた」

「なんですって」

信吾は改めて権六の顔を見直した。それまで見たことのないような、暗くて鈍い色をした、空虚な目であった。

「驚いたか」

「そりゃ」

「信吾はおれがやったと、思っていたのではねえのか」

射竦《いすく》めるような目で、権六がじっと見ていた。図星を指された思いだが、認める訳にもいかない。

「そ、そんな。まさか、そんな」

「嘘を吐きやがれ」と薄く笑ってから、権六は真顔になった。「やろうと思っておったのよ。なんとしても許せねえ。叩っ斬ってやろうとな。一瞬の惑いがあったため、遅れを取ってしもうた。なんとも無念でならねえ」

信吾は思わず波乃を見た。ほとんど血の気が失《う》せた顔は、真っ白な磁器のように感じられた。しかし自失した感じではなかった。なんとかして、冷静に受け止めようとしていると思えたのである。

波乃のこともあるが、話題を変えなくてはと思った。いや信吾は、そうでもしなければ息苦しくてならなかったのである。とはいっても、女房喰い殺しそのものからは離れられない。

「そうしますと、入水した女の方の周辺を主に、調べを進めているのでしょうか」

瓦版にはミサヲと出ていたが、信吾には気の毒で名を出すことができなかった。

「当然そうなるな」

「すると程なく、下手人が突き止められますね」

「そのほうがいいと思うか」

「えッ」

「いかなる理由があろうと、人を殺せば極刑に処される。又兵衛を殺した男にも、妻子や血族が、まあ、女房や子供はいなくとも、兄弟は、いや兄弟さえいないとしても、少なくとも親はいるのだ。親がいなきゃ、生まれはしなかったのだからな。ところがその親は、人殺しの親として生き続けねばならんのだぞ」

「殺した男より殺された男のほうが遥かに、何倍、何十倍も悪いこともありますよね」

「悪逆非道の又兵衛にも、家族や親しい友人知人はいるのだ。又兵衛が殺された上に、あの又兵衛の女房だ、又兵衛の子供だ、又兵衛の兄弟だと、後ろ指を差され続けることになるんだぜ」

「法とは、裁きとは、一体なんなんでしょうか」

「世の中、なにもかもがちゃんと割り切れるものではないからな。信吾が言ったばかりじゃねえか、殺した男より殺された男のほうが遥かに悪いことがあると。そうなのよ。法が通じる場合でねえと思って、又兵衛を叩っ斬ろうとしたんだ。だがそう考えてたのは、おれだけでなかったってことだな。臍を噬んだやつは、おれのほかにも何人もいたはずだ」

「それでもその人は、捕らえられるのでしょうか」

いつもより、ひときわ低い声で訊いたのは波乃であった。「その人」が、女房喰いの仲人を斬った男であることは、言うまでもない。

「江戸の御番所には、優秀なのがそろっておるからな。取り逃がすことは、めったに、ねえ」

「そうですか。そうでしょうね」

そう言った波乃の声は、先刻よりさらに低かった。

だが信吾は、「めったに」と「ねえ」のまえに、微妙な間を感じていた。

「がっかりしたようだな、波乃さん」

「いえ、そんな」

「隠さなくていいんだぜ、この権六にだけはな」

「隠すなんて」

そう言いはしたものの、なにかを感じたらしくて、波乃の声はわずかに高く、明るくなったようであった。

「心配しなさんな。町方にだって、血は流れてらあ。温《あった》けえ血がな」

波乃がゆっくりと首を廻して見たので、信吾は微《かす》かにうなずいた。

「万が一、おれのまえに下手人が現れたとしても、なぜかおれの目は見えねえんじゃねえかな。もし自分がやりましたと名乗り出る男がいたとしても、おれの耳は聞こえねえと思うんだ」

「変ですねえ、権六親分さん。なぜかてまえの耳も悪くなったみたいで、親分さんのおっしゃったことを聞き取れなかったようです」

権六は鬼瓦のような顔をくしゃくしゃにして、愉快でたまらぬというふうに笑った。

「おりゃあ、女房喰いを叩き斬ったのは、餌食になった者の身内じゃねえと睨んでる」

「ということは」

「町方のだれか。同心か岡っ引の心あるやつだよ」

「しかし、いくらなんでも」

「仲間のだれかが手に掛けたとすりゃ、だれだって三猿《さんえん》になっちまわあ。見ざる、聞かざる、言わざるだな。このあとも御番所は大騒ぎするし、瓦版も書き立てるぜ。なぜなら二度と女房喰いを起こさせないためだ。まずは見せしめに、女房喰いの中でも性質《たち》の悪い又兵衛を成敗した。次はお武家だ。仲人とつるんで商家の娘を嫁に取り、持参金をふんだくって追い出す非道をこれ以上続ければ、旗本といえど捨て置かぬ、というな」

「となると、御番所全体で、ですか」

権六はそれには答えなかった。

「昨日の瓦版には、悪徳仲人の又兵衛が殺されたとだけ書かれていたはずだが、次に出るのは凄いぞ。又兵衛がいかに無惨に斬り刻まれていたか、いかに苦しみながら死なねばならなかったかが、克明に書かれるはずだ。女房喰いたちは震えあがって、二度とやらなくなるだろう。うん？　どうした」

権六がそう訊いたのは、信吾と波乃がポカンとした顔で見ていたからだろう。権六は弾けたように笑い始めた。

笑ったことのない権六が、「駒形」に顔を出して信吾と接しているうちに笑い始めたと、甚兵衛たちは驚いていた。馬鹿笑いする権六を見たら、なんというだろうか。もしかしたら「駒形」の将棋客たちにも、聞こえているかもしれなかった。なおも笑いながら権六が言った。

「夢よ、夢。下っ端の岡っ引が、昼間に夢でも見たんだろうよ。波乃さんに信吾」

「は、はい」

「こういうときでさえ、声をそろえやがる。まあ、それはいい。このことはな」

「は、はい」

またしても声がそろったが、今度は権六もなにも言わなかった。

「このことは、三猿だぞ。わかってるな」

「はい。見ざる、聞かざる、言わざる」

「油ぁ売っちまったな。女房喰い殺しの下手人探しで、飛び廻ってることになってるんだ。そろそろ行かないとやべえや」

信吾と波乃は、「駒形」への柴折戸まで権六を見送った。

まちがいなく権六が又兵衛を斬り殺したと、信吾は確信した。なぜなら、最初に出た瓦版には殺されたことが書かれただけだが、次に出るときにはいかに無惨な殺され方であったかが書かれ、女房喰いの仲人たちを震えあがらせると言ったではないか。

殺害した本人だからこそ知っていることである。だがいくらなんでも町方の者が、あまりにもひどいので叩き斬ったなどと言う訳がない。だから権六は、信吾ならわかるはずだと、そのような言い廻しをしたにちがいなかった。

そして瓦版に書くのは、そのありさまを権六から聞かされた天眼にちがいない。いや、又兵衛殺害の現場に、天眼もいたかもしれないのだ。


権六が話していたように、その日の午後に売り出された瓦版には、又兵衛殺害の状況が克明な挿絵入りで書かれていた。

そして町奉行所挙げての懸命な捜査にもかかわらず、又兵衛殺害の犯人はついに捕らえられなかったのである。

将棋指し

一

手習所が休みの日の朝、子供たちは連れ立ってやって来る。仲のいい同士の二人か三人連れがほとんどだ。

ところがその日は、十人あまりがそろってやって来た。五ツ（八時）にはまだいくらか間があって、常連客も甚兵衛と素七《そしち》くらいしか顔を見せていなかった。

人数だけでなく時刻も異例で、当然だが示しあわせてやって来たはずである。将棋も強ければ喧嘩《けんか》も強い留吉《とめきち》、正直正太《しょうじきしょうた》、後出《あとだ》し彦一《ひこいち》などは、天才的な将棋の腕をもつ娘、ハツのことを知って通うようになった、子供たちの中では古顔だった。

「席亭さん、席亭さん、席亭さん」

挨拶が終わるなり、親分格の留吉が信吾に呼び掛けた。

「一度言ってもらえばわかります。まだ耳は遠くなっていませんからね」

そろってやって来た上に、留吉はおなじ言葉を三度も繰り返すほど意気ごんでいる。手をあげて信吾は機先を制した。

「こんなに早く、しかもそろってやって来たとなると、いよいよ本腰を入れて将棋に励む気になったようですね。こんなうれしいことはありません。てまえはこの日がくるのを、どれほど心待ちにしていたことでしょうか」

信吾が慇懃《いんぎん》にそう言うと、出鼻を挫《くじ》かれた思いがしたのだろう、子供たちは顔を見あわせた。その目が一斉に留吉に注がれる。

思ったとおりであった。申しあわせて信吾になにかを相談、それとも抗議、あるいは要望するつもりでやって来たらしい。それを任されたのが留吉ということだ。

「信吾さんは『駒形』の席亭さんだけど、相談屋のあるじさんでもあるよね」

「はい、そうですが、なにか相談事ができましたか」

「相談屋の仕事は、困った人の相談に乗ってあげることでしょう」

「留吉さんは」

「留吉でいいって、これまでどおり」

「あるいはてまえの勘ちがいかもしれませんが、留吉さんは、今日はみなさんの総代でお見えのようです。となると、とてもこれまでのように呼び捨てになどできません」

「今までどおり呼び捨てにしてよ。それに話し方までバカていねいになって、調子が狂っちまうじゃないか。いつもどおりでないと、どうにもやりにくいんだよな」

留吉の言葉を無視して信吾は言った。

「留吉さんの困ったことや悩みごととなると、一体なんでしょうね。好きな娘《こ》ができたのに思いを打ち明けられない、どうしたらいいでしょうって相談かな。だったら二、三年早いと思いますが」

ヒャッヒャッヒャッと、擦《こす》れるような笑い声を発したのは正直正太であった。

「わかってるくせに、なんでおいらの悩みだって決め付けるんだよ。そんなふうにはぐらかして、ちゃんと答えないのは大人がよく使う手なんだよな」

「さすがに留吉さんだ、なかなか痛いところを衝《つ》いてきますね」

「おいらが言いたいのは、将棋についての相談なら席亭さんは放っておけないんじゃないかってことなんだよ。なぜって、ここは将棋会所でしかも相談屋だからね」

留吉は相談屋に力を籠めて言った。

「なかなか鋭い。しかも理詰めですね。将棋にもそれだけの鋭さがあれば、留吉さんの腕はあっと言う間に、一段も二段もあがると思いますけれど」

「はぐらかしは二度目だよ、席亭さん」

「厳しいですね。その鋭さを、将棋で活《い》かしてもらいたいものです」

「それも二度目だね」

留吉の言うのを聞いて、後出し彦一がケッケッケッと笑った。

常吉の出した茶を飲みながら、甚兵衛と素七が笑いながら遣《や》り取《と》りを聞いている。

「えっと」と、留吉は惚《とぼ》けた顔で言った。「席亭さんにお訊《き》きしますが、湯銭《ゆせん》はいくらでしたっけ」

「話がえらく跳びましたが、そう訊くところをみると、留吉さんは滅多に風呂に入らないらしい」

「毎日」

「ほう、見掛けによらずきれい好きなんですね」

「はむりでも、一日《いちんち》置きか二日置き、冬でも三日置きには入ってるよ」

「それなのに湯銭がいくらか忘れるとは、お気の毒に、若耄碌《わかもうろく》したということですか」

「席亭さんこそ、若耄碌してわからなくなったんじゃないかって、心配して訊いたんだけどな」

明らかに企《たくら》み、あるいはねらいがあるのだが、信吾は素知らぬ顔で答えた。

「鍾馗《しょうき》さまみたいに髯《ひげ》もじゃだろうが、つるっ禿《ぱげ》だろうが湯銭は十文の決まりです」

これもはぐらかしであった。

湯屋で頭髪を洗うことは禁じられていて、そのため髪結床《かみゆいどこ》は大抵、湯屋に隣接して設けられていた。湯あがりに月代《さかやき》や髭《ひげ》を剃《そ》り、何日か置きに洗髪してもらうのである。だから髯もじゃだろうが禿頭だろうが、湯銭にはまるで関係なかった。

「それは大人だよね。子供はいくらでしたっけ」

子供が子供の湯銭を知らぬはずがないので、ねらいが少し見えてきたが、信吾はそれには触れない。

「ここしばらく子供の湯銭では入れてもらっていませんけど、てまえが子供時代にはたしか六文でした」

「ふーん」と、留吉は興味なさそうな言い方をした。「とすりゃ、今とおなじだよ。席亭さんが子供のころからだとすると、随分と昔からなんだね」

「昔ってことはないでしょう。大人料金を取られるようになって、それほど経《た》っていませんからね」

「大人が十文で子供が六文ということは、五対三の割合ですね、席亭さん」

席亭さんと言ったのが、なぜかねちっこく感じられた。話の流れからすれば、席亭さんと念を押す必要はないはずだ。やはりそうかと信吾には留吉の、いや、かれらのねらいが読めた。

取り巻いている子供たちが、留吉と信吾の遣り取りを息を詰めて見守り、ちょっとしたことにも敏感に反応するのがわかる。

「十文と六文だから、なるほど五対三だ。ちゃんと計算できるようですね、留吉さんは。見直しましたよ」

「席亭さんは二十一歳でしたっけ」

「はい、さようで」

「二十一の席亭さんは大人だから十文で、おいらは子供なので六文だね」

わかり切ったことに念を押すのは、企みがあるから、外濠《そとぼり》から埋めていこうということらしい。

「そういう決まりです」

「なぜ子供は、大人より四文も少なくていいんだろう」

「大人よりちいさいから、流す湯の量が少なくてすむからではないでしょうか」

「なるほど、湯の量ね。だけど烏《からす》の行水とおなじで、入ったばかりなのにすぐ出る人がいるかと思うと、だらだらといつまでも湯船で喋《しゃべ》ってる爺《じい》さんもいるよ」

留吉がそう言うと彦一が合いの手を入れた。

「指先が白くふやけてぶよぶよになっても、出ないでお喋りしてるものな」

「洗い場でだって、体が冷えたらざぶざぶと肩から湯を掛けてるよ。それも何度でも。だから湯の量じゃないと思うけど」

正太の言葉に、留吉はもっともらしくうなずいた。

「とすると、席亭さん。湯銭は目方の貫目《かんめ》で決めてるのですかね」

「重さは一つの目安だと思いますよ」

「だったらおかしくないかい」

「おや、言葉遣いが変わりましたね」

「貫目で湯銭を決めてるのなら、角力《すもう》取りは二倍も三倍も、人によっては四倍払わないと入れないし、お年寄りの中には痩せてしぼんじゃって、おいらと変わらない貫目の人もいるよ。そういう人から十文取るのは気の毒だから、六文でいいんじゃないの」

あるいは留吉は、常連客の素七のことを言ったのかも知れない。素七は五十歳を超えたばかりなのに、顔一面が縮緬皺《ちりめんじわ》に被《おお》われ、古稀《こき》の老爺《ろうや》を思わせるほどしぼんで見えるからだ。

「なあるほど、なかなか鋭い」

「その鋭さを将棋に活かせればね」

彦一が茶々を入れると、留吉は「うるせえ」と睨《にら》んでから信吾に目を移した。

さて、どういうふうに運ぶつもりだろうと思いながら、信吾は答えた。

「お年寄りにも小柄で痩せた人はいるし、子供なのに大人と変わらぬほど、おおきくて太った人もいます。となると貫目で分けるのではなくて、大人と子供という区別をしているのでしょう」

「だったら、大人と子供はどこで区別するのさ。大人にもおおきな人とちいさな人がいるし、太った人がいれば痩せた人もいるよ。子供だっておなじだろ。となると押《お》し並《な》べて、五対三くらいの割合がいいのではないか、ということになったのでしょうかね」

「おそらくそういうことだと思いますが、押し並べてなどと、留吉さんは難しい言葉をご存じですね」

「なあるほど」

信吾を無視してそう言った留吉の目が、きらりと光った。

「おはよう」

声とともに格子戸を開けて入って来たのは、髪結いの亭主の源八《げんぱち》であった。月極《つきぎ》めで席料を払っている常連なので、常吉は小盆を持って受け取りに出ない。

源八は子供の多いことが意外だったようだが、すなおに驚きを示さない。

「ガキども、じゃなかった、お子さまたちが朝早くからたくさんお出ましだが、今日はなんかありましたっけ」

「いいから源八さん、こちらに坐《すわ》って、黙ってお聞きなさいよ。なかなかおもしろいことになってますから」

「将棋を指すよりも、ずっとおもしろいですよ」

甚兵衛と素七に言われた源八が座を占めると、常吉がそのまえに湯呑茶碗《ゆのみぢゃわん》を出した。朝は次々と常連がやって来るので、いつでも出せるようにしてあるのだ。

「なあるほど」

大人の遣り取りを無視して、留吉は繰り返した。なにが「なあるほど」なのかわからないが、話の流れにあわせながら、自分なりに言葉で調子を取っているのかもしれなかった。

「すると、席亭さん」

「改まってなんでしょうか、留吉さん」

「子供は大人の半人前だけど、湯銭を半分にしなかったのは、湯に浸《つ》かることには変わりがないからですかね。子供も大人も湯船に浸かったり、洗い場を使ったりすることはおなじだもの。それを四文として、そこに大人六文と子供二文の割合が加えられるのかな。そのため大人が十文で子供が六文の、五対三の割合がいいということになったのでしょうか」

「なかなかよく考えられましたが、おそらくそういうことだと思いますよ」

待ってましたとばかり、留吉が身を乗り出した。

「であればここの席料も五対三、大人が二十文なら子供は十二文、半端は切り捨てて子供は十文でいいのではないの」

留吉の言葉に、背後にいる十人ほどがおおきくうなずき、瞬《まばた》きもせずに信吾を見た。なかなかの迫力である。

行き着くところに行き着いたな、と信吾は思った。十人あまりがそろってやって来たのは、だれかが子供の席料はもっと安くならないだろうかと言ったからだろう。

本題に入るまでの前置きが長かった理由は、どのように進めるかを、額を集めて懸命に考えたからにちがいない。となると、その努力は評価してやらねばならないということだ。

子供たちは手習所が休みの日だけやって来る。江戸の手習所の休日はまちまちだが、一日、五日、十五日、二十五日の月に四日が多い。「駒形」に来る子供たちが通っている手習所も、そうなっていた。

席料が二十文だと、月に四日で八十文。子供がもらう小遣いは日に一文ほどで、あとは頼まれ仕事のお駄賃くらいであった。それを貯《た》めておくのだが、足らないので差額は親や祖父母に出してもらうしかない。

子供たちで相談して知恵を出しあったのだろうが、手順を踏んだ話の運びはどうして巧みである。少し考える振りをしてから信吾は続けた。

「それは、さっき留吉さんが言ったことと関わりがあるのですよ。こうおっしゃいましたね。もしも貫目で湯銭を決めたのなら、角力取りは二倍も三倍も払わないと入れない。痩せてしぼんじゃったお年寄りは、子供とおなじ八文でいいんじゃないのかって。ところが大人はだれもおなじ扱いで、湯銭に体の目方は関係ないということです。こういうところは席料とそっくり、いや、席料のほうがもっとはっきりしてますね」

この切り返しは予想していなかったらしい。

「えッ、なんで湯銭が席料に繋《つな》がるんだよ」

「繋がるんだよ、ではないでしょう。そこは繋がるのですかと言えば、留吉さんは若いのにたいしたもんだ、とだれもが一目置くことになるのですがね」

「それより、席料はどこがもっとはっきりしてんだよ。じゃなかった、はっきりしているのですか、席亭さん」

「将棋は将棋盤をあいだにして向かいあえば、強いか弱いかだけが問題になって、それ以外のことは一切関係がなくなります」

そこで間を取ったのは、重要なことを話すのだと感じてもらうためであった。留吉、正太、彦一という具合に、順番に子供たちの目を見ていく。目があうと、ゴクリと唾を呑《の》みこむ者もいた。

「お武家さんであろうと、お商人《あきんど》、お職人、お百姓、お坊さん、そういう身分や仕事、そればかりか大人か子供かも関係がありません。ハツさんのような女の子だっておなじです。将棋盤を挟んで坐れば、だれもがまったく対等、つまりおなじになりますからね。それなのに席料がちがったら、おかしくないですか。湯銭よりよほどはっきりしてますでしょう」

子供たちは顔を見あわせたが、理詰めになれば席亭の信吾に勝てる訳がないのだ。だれもが困惑する中で、彦一だけが冷静で余裕があるように感じられた。

二

実は子供たちがそろってやって来て、それが席料の値下げの交渉だとわかったとき、信吾の肚《はら》は決まっていた。しかしそのまえに、考え方についてちゃんと話しておくべきだと思ったのである。

子供たちは鳩首《きゆうしゆ》して練りに練り、これなら信吾も反対できまいと自信をもってやって来たはずだ。それだけに信吾に看破され、理路整然と説かれて落胆したのは明らかだった。

代表に選ばれた留吉にすれば、立つ瀬がないだろう。

さて、どう出てくるだろうかと、信吾は興味津々で子供たちを見廻《みまわ》した。

信吾はふと、ハツがいたらどのように言うだろうかと思った。将棋でなかなか深く鋭い読みをするハツのことだから、留吉たちが思いもしないようなことを言うのではないかと、そんな気がしたのである。

利発なハツのくりくりした目を思い浮かべて、信吾は思わず顔を緩ませてしまった。

「ちょっと話は変わりますけど、いいでしょうか。席亭さん」

そう言ったのは彦一であった。ジャンケンが強いので、負けて口惜《くや》しい連中が「後出し彦一」の渾名《あだな》を付けた。勘が特別に鋭く、相手のちょっとした動作や表情、目の動きから、グーチョキパーのなにを出すかを見抜くらしいのだ。

信吾は彦一がジャンケンするところを見ていたが、決して後出しではなかった。

少し緊張したものの顔には出さない。

「はい。なんでしょう」

「正太に弟がいましてね」

「ほう。それは知りませんでした」

「直太《なおた》と言って正太の二つ下なんですが、将棋を憶《おぼ》えたそうでして」

「見込みがありそうなんですね」

正太の渾名は正直正太だが、仲間が付けたのではなかった。本人が言い出して、それがいつしか通り名になったのである。弟が直太だとなると、正太はちゃっかり二人の名前をくっつけて、呼び名にしたのだろう。

その正太ではなく彦一が答えた。

「将棋は最初が肝腎だ。筋のいい人に教えてもらわないと、悪い癖が付いて強くなれないと、席亭さんはおっしゃいました」

「そのとおりです。筋の悪い人に教わると、どうでもいい細かなことばかりに囚《とら》われて、全体を見る目を養えません。部分も大事ですが、全体はもっと大事です。全体が見えた上で、部分も見えないと強くなれません」

「だから将棋が強くなりたかったら『駒形』へ来て、席亭の信吾大先生に教えてもらうしかないってことですね」

「そんな厚かましいことを、てまえが言う訳がないでしょう」

「将棋は自分より少し強い人と指せ。相手が強すぎてはよくないが、弱すぎるともっとよくないと教わりました」

「それがわかっているなら、彦一さんはもう少し、あッ、失礼。言いすぎたようです」

「ちょっとわざとらしいですが、それはともかく、正太の弟のことです」

「そうでした。直太さんのことでしたね」

「正太が手ほどきしたところ」

「直太さんはたちまち追い付き、そして追い越しましたか」

彦一に代わって正太が答えた。

「いえ、そこまでは。でも、将棋がおもしろくなったし、力を付けてきたようです。となると、ちゃんと学びたいじゃないですか」

「そりゃ、そうでしょう」

「だから、いろんな人がいる『駒形』に通わせたいのですけど」

正太だけでもやっとなのに、直太もとなると席料がとても払えないと言いたいのである。さて、どういうふうに話を運ぶのか、お手並み拝見というところだ。

ほかの常連客もやって来たが、「おもしろいことになってますから、そこに坐ってお聞きなさい」と甚兵衛に小声で言われ、だれもが遠巻きにして興味深げに見ている。

「おいらと一回置きに、ってことも考えたんだけど」

正太がそう言うと、引き取ったのは彦一だった。腕力では留吉が上だが、このような駆け引きとなると彦一のほうが巧みなのだろう。

「伸びるときはびっくりするほど伸びる。そういうときは邪魔せずに伸ばしたほうがいい、と席亭さんはおっしゃいましたね」

さて、どんな反応を示すだろうかと思いながら、信吾はさり気なく言った。

「子供の席料を半値の十文にすれば、正太さんと直太さんがいっしょに通えるということですね」

子供たちは色めき立つだろうと思ったが、そうはならなかった。ということは、信吾がどのように答えるかを、想定していたということになる。信吾を納得させた上で、「半分の十文にします」と明言させたいというのが本音だろう。

おもしろくなってきた。

「席亭さん、さあ」

そう言ったのが彦一でなくて留吉なのが、信吾には意外であった。

「将棋盤を挟めばだれだっておなじなんだから、子供の席料を半分にしたら相手の大人に対して失礼だよね」

信吾が子供の席料を半値にすればと言ったのに、だれ一人として「だったらそうしてよ」と飛び付かなかったのだ。そればかりか、親分格の留吉は本音を言わずに、建て前を持ち出したのである。

こうなると楽しみが増え、思わず顔が緩んでしまう。

「そういうことです」

「しかも、席料が半分の子供に負けたりしたら、みっともないからって来なくなる人がいるかもしんねえもの」

留吉がそう言うと彦一が続けた。

「そうなりゃ『駒形』にとっては、たいへんな痛手だね」

常連客がドッと沸いたので、留吉や彦一と信吾の攻防に気を取られていた子供たちは、ギョッとなって思わず顔を見あわせた。

最初に来た甚兵衛と素七、それに続いた源八だけでなく、いつの間にか常連客の顔がかなりそろっていたのである。

暮れの将棋大会で優勝した桝屋《ますや》良作《りようさく》、大会のあとで常連になった太郎次郎《たろうじろう》、小間物屋の隠居平吉《へいきち》、物書きと噂《うわさ》されている島造《しまぞう》、そそっかしい隠居の三五郎《さんごろう》、御家人崩れらしい権三郎《ごんざぶろう》、両国から通っている茂十《もじゅう》などであった。

「しかし、本当に将棋を憶えたくてたまらない者が」と思慮深い顔で言ったのは、またしても彦一であった。「お金のために、お金のためだけで学べないとなると、とても哀《かな》しいことですね」

「直太は憶えたてで、楽しくて、おもしろくてたまんないんだよな」と、これは正太であった。「だから今、やろうと思っている意気ごみの芽を摘んじゃうと、一遍に熱が冷めてしまうんじゃないかって、おいらそれが心配で心配で」

「正太さんは弟思いなんですね」

信吾がそう言うと、正太はすなおにうなずいた。

「おいらが弟に譲って、一回置きに、代わり番こにしようと思ったんだけどね」

「だけどそれは良くないんじゃないか」と、留吉。

「なんで」と、正太。

「中途半端になって、二人ともダメになるかもしんねえ」と、彦一。

潮時だと信吾は思った。これ以上くどく続けると、逆効果になってしまう。

「さっきも言いましたが、将棋はだれもがおなじ立場で、つまりおなじ土俵で角力を取ります。これこそ将棋のなによりの魅力、とてもいいところです。しかしてまえはみなさんの熱意、熱気ですね。将棋が好きで好きでたまらない、どうしても強くなりたいとの、その熱い思いに心を打たれました。だから子供は」と、信吾は考える振りをした。

「そうですね。十五歳から下の人は、大人の半分の十文にしたいと思います」

「やったあ」とちいさな叫び声とともに、子供たちが一斉に拳を突きあげた。

「ですが」

　信吾が声をおおきくすると、子供たちの笑顔が一瞬にして凍り付いた。

「おなじ将棋盤を挟んで勝負するのに、なんで子供は半額なのだとおっしゃる大人が、いらっしゃると思います。だから、てまえの一存では決められません」

　信吾はそこで切って、常連客たちを順に見廻した。甚兵衛はちいさくうなずき、源八はにやりと笑った。わかってるよ、とでも言いたげにうなずいた者もいた。

　思ったとおり反対する者はいないようだ。当然だろう。自分たちが払う席料に変わりはないのである。子供が半額になっても、損するのは席亭の信吾だけであった。

「常連のお客さんの主な方々がお見えですので、ご意見を伺ってみるとしましょう。いかがでしょうか、みなさま」

　常連たちの目が、一番の古顔で「駒形」の家主でもある甚兵衛に集まる。

「まったくおなじ条件で指すのだから、席料はできればいっしょでないと、と思いますがね。席亭さんが子供さんたちの熱意に感じるところがあって、半値の十文にしてもいいとおっしゃっているのに、常連だからというのを理由に反対する訳にはいきませんわなあ」

苦い顔をした甚兵衛は、さすがである。すんなり同意しては有難みがないことを、わかっているからだ。

「子供を甘やかすと碌《ろく》なことがないんだが」と、源八もやはり渋い顔をした。「ハツって女の子に免じて、よしとするしかないでしょうな」

「暮れの大会で、源八さんはハツさんに負かされましたものね。となると、反対すればケツの穴がちいさいと笑い物になる」

なにかあれば源八をからかう隠居の平吉がそう言ったが、源八に冷たい目で見られ、照れ臭そうに首を竦《すく》めるしかなかった。

続いて信吾は、一番気難しそうな権三郎に微笑《ほほえ》みかけた。無口で滅多に口を開かぬこともあって、常連たちが敬遠している御家人崩れと噂されている男だ。

「信吾どのが将棋会所を構えたからには、ここは武士にとっての城廓《じょうかく》に等しい。そのあるじが子供を半額にすべしとのことであれば、われら雑兵《ぞうひょう》がなぜに口を挟めようか」

「城廓は畏れ入りますが、ご同意願えるということでございますね。島造さんはいかがでしょう」

島造は物識《ものし》りを自負して口うるさいところがあるので、権三郎のあとに持ってきたのである。

「お武家さまが善しとされたのに、なぜに異論がありましょうや」

「ほかの皆さまはいかがでしょう。遠慮なく忌憚《きたん》のないところを」

古顔や口うるさいのを最初に並べたので、信吾のねらいどおりほかの常連から反対が出る気配はなかった。

「ご常連のみなさんがよろしいとのことなので、十五歳以下のお客さんは半額の十文にします」

「わーいッ」との歓声が湧きあがった。

「常吉」と小僧の名を呼んだのは留吉で、「へーい」と返辞があった。

「聞いていただろう。子供の席料は十文になったからな、十文返しておくれ。みんなにもだよ」

「留吉さん。それは通りません」と、信吾はピシャリと釘《くぎ》を刺した。「今の今、決まったばかりですからね、十文は次からとなります」

留吉がペロリと舌を出したのは、わかっていながらうまくいけばと思ったからだろう。

「実はね、席亭さん」と、彦一が言った。「二十文はむりだけど十文ならって友達が、何人かいるんだよ。そいつらきっと、大喜びするだろうな」

「おいらの友達にもいてね」という声が、何人もからあがった。

「どうやら実入りは減らずにすみそうですな、席亭さん」

甚兵衛がそう言って、いかにもうれしくてならないという顔で笑った。以前から、先々のことを考えれば、若い層を増やさなければならないと言っていたからだ。

子供たちの来る日は甲高い笑い声が弾《はじ》けることもあるが、その日はさらに空気が明るく感じられた。かれらの願いを信吾が容《い》れたということもあって、いつもに増して活き活きとした空気に溢《あふ》れていたのだ。

興奮が鎮まると、自然と相手も決まって対局が始まった。子供たちが力を付けていたので対局が増えてはいたが、いつになく大人と子供の組みあわせが多いようだ。

ゆっくりしたのと小刻みなのと、二種類の下駄《げた》の音が近付いてきたのは、ほどない五ツ半（九時）ごろである。

軽快な音とともに格子戸が開けられた。

「みなさん、おはようございまーす。席亭さん、おはようございます。常吉さんもおはよう」

明るい声とともに入って来たのは、祖父といっしょに本所《ほんじょ》から通っているハツであった。遠くからということもあって、どうしても五ツ半になってしまうのである。

「あら、どうしたの、みんな。いいことがあったようね。とてもうれしそうだわ」

敏感なハツが変化に気付かぬはずがない。待ってましたとばかり、留吉が鼻を蠢《うごめ》かせた。

「だれよりも得をするのは、なんたって女チビ名人のハツさんだな」

　訳がわからずハツはキョトンとしている。

「そうだそうだ、ハツさんだ」「一番だよ」「いないあいだに決まっちゃったんだもんな」などと、子供たちが一斉に喋ったので、騒がしいったらない。

「ねえ、なになになに。意地悪しないで教えてよ」

　両手で仲間を制して留吉が言った。

「次からだけどね。子供の席料は半分の十文でいいってことになった。ハツさんのために、おいらが渋る席亭さんを説き伏せて、やっとこさ半分にしてもらったんだ」

「狡《ずる》い狡い」「いいかっこして」「留吉、手柄を独り占めにして」と、騒ぎはしばらく治まらなかった。

　子供たちは手習所が休みの日だけ通っていたが、ハツは祖父の平兵衛《へいべえ》に付き添って、ほぼ毎日来ていた。

　手習所がある日は午前中で切りあげ、昼食を摂《と》るとすぐに本所表町《おもてちょう》の家を出る。手習所は八ツ（二時）までやっているが、午後は朝に学んだことの復習《おさらい》なので、利発なハツは出なくてもよかったからだ。

「駒形」に来るのは九ツ半（一時）すぎになるが、七ツ（四時）まで一刻《とき》半（約三時間）は学ぶことができた。雨風が強いとか、平兵衛の体調がすぐれぬ日のほかは、毎日通っていたのである。

そのため、一番の恩恵を受けるのはハツであった。

三

「うまくまとめられました」

先に昼食を食べるよう常吉を母屋に行かせると、信吾と甚兵衛の二人きりになった。

客は浅草界隈《かいわい》の人が多いので、大抵が昼は食べに帰る。子供たちもやはり帰って食事していた。一人暮らしだとか少し遠くからの客は、近所の飯屋や蕎麦屋《そばや》に食べに行く。店屋物《てんやもの》を取る者、弁当を持参する者などさまざまだ。

ハツはいつもは昼食をすませてからやって来るが、手習所が休みの日には祖父と自分の弁当を持って来る。食後は近くの榧寺《かやでら》の名で親しまれている正覚寺《しょうがくじ》や、そのすぐ南にある八幡宮の境内、でなければ会所の庭を散歩することが多かった。

勝負が着くまで動かない者もいれば、指し掛けにして食べに出る者もいた。食後も庭に出るとか、大川端を漫《そぞ》ろ歩きするなど思い思いにすごしている。

席料は一度払っておけば、一日中出入りは自由であった。もっとも、ほとんどが常連なので月払いとなっていたのだが。

信吾が笑顔を向けると甚兵衛は続けた。

「いい機会でしたね。子供たちが押し掛けたときには」

「押し掛けたはおだやかじゃありませんが」

「心は決まっていたのでしょう。おもな常連さんが顔をそろえていたし、ああやれば、子供たちも常連さんも顔が立ちます。一番際立つのが席亭さんということで、芝居で言うところの儲《もう》け役ですね」

「甚兵衛さんには、なにもかも見透かされているので敵《かな》いません。もう少し若いお客さんを増やさねばと思っていましたので、まさに渡りに船でした」

「あの子たちは、席亭さんを説き伏せたと思いこんでいますよ」

「見事に説き伏せられました」

言いながらも、自然と笑いが零《こぼ》れてしまう。

「さすが宮戸屋のご長男です。子供たちは席亭さんの掌《てのひら》の上で踊らされていたことに、気付きもしないでしょうね、生涯」

「生涯とはまた大袈裟《おおげさ》な。それに甚兵衛さんも、若いお客さんを増やさねばとおっしゃっていたじゃありませんか」

「たしかに若い人を増やしたいと思っていますが、少し若すぎるのではないですか」

「とんでもない。もっと若い、となると若いとは言えませんね。幼い客も増やすつもりですから。と言っても、褓襁《むつき》が取れてからになりますがね」

「褓襁が取れてからと言うところが、なんとも凄《すご》いですな。それにしても自信たっぷりですね」

「子供たちは、十五歳なんてずっと先だと思っているのですよ。てまえもそうでしたからね。子供だから子供扱いされるのは当たりまえなのに、それが口惜しくてなりませんでした。早く大人になりたい。どうして一日はこんなに長いのだ。ときが流れるのはこんなに遅いのだって、子供はだれもが歯痒《はがゆ》く思っています。てまえなどは地団駄踏んだほどでした。子供にとって大人なんて、ずっと先の、さらにその先なんですよ」

「てまえなどは、すっかり忘れてしまいましたな。それより近ごろは、一日がすぎるのが早いこと、早いこと。朝、顔を洗って髯《ひげ》を剃《あた》るでしょ。あれ、さっき剃ったばかりじゃなかったっけと思うのですが、顎や鼻の下を撫《な》でると、ちゃんと一日分だけ伸びてるので、ああ一日がすぎたのだなと」

「大人と子供では、流れる時間の速さがちがっているのかもしれませんね。ともかく子供のころは、明日がなかなかこないのが、もどかしくてなりませんでしたから」

　ところが今になって振り返ると、あっと言う間に月日はすぎていた。

「あの子たち、十歳前後でしょ。十五歳なんてほんの数年ですからね。すぐにやってきます。本当にあっと言う間ですよ」

「白駒《はっく》の隙《げき》を過ぐるが如《ごと》し、と申しますが」

「そうなんです。席料が半分になったと喜んでも、わずかなあいだなんですがね。せっせと『駒形』に通ってもらいましょう。このあと家業を継ぐ者、家の仕事を手伝う者、奉公に出る者とさまざまでしょうね。ですが一度、将棋の味を知ってしまったら、一時的に時間が取れなくなったとしても、かならずもどってきます。そして常連になり、子供ができたらその子に教えるのです」

「末広がりということですね。それにしても考えられることが遠大と言うか、実に雄大ですな」

「そのくらいの気持でいて、なんとかなるということでしょう」

「畏れ入りました。信吾さんが席亭でいるかぎり、『駒形』は安泰ですよ」

柴折戸《しおりど》が軋《きし》む音がしたと思うと、「お先にいただきました。ご馳走《ちそう》さま」という声とともに常吉が帰って来た。

「常吉」

「へい」

「常吉は早く大人になりたくて、たまんないんじゃないのか」

なぜ問われたかわからなかったからだろう、一拍置いてから返辞があった。

「そりゃ、もう。一日《いちんち》だって早く……えへへ」

甚兵衛に「ねッ」と言って、常吉と入れ替わりに信吾は母屋に向かった。

足音がしたからだろう、モトがお櫃《ひつ》から茶碗にご飯をよそうところであった。信吾、波乃そして自分の箱膳にモトが茶碗を置くと、三人は両手をあわせた。

しばらくは静かに箸を運ぶ。

含み笑いが聞こえたので波乃を見ると、口のまえで味噌汁《みそしる》の椀《わん》と箸を持ったまま、その手を小刻みに震わせていた。

「食べているときに、行儀が悪いのではないですか。教育係のモトさんが、春秋堂《しゅんじゅうどう》に帰ってから義母《おかあ》さまに叱られちゃ気の毒でしょ」

「だって」

そう言って、波乃は椀と箸を箱膳にもどした。モトは一瞥《いちべつ》したものの、なにも言わなかった。

「信吾さんは大層、子供さんに慕われてますのね」

「慕われてるかどうかまではわからないけれど、友達みたいに思われてるんじゃないかなと感じることはありますよ。ときどきだけどね」

「ぷッ」

波乃は噴き出した。

「ごめんなさい」と、言うなり再度やってしまった。「ほんと、あたし、どうしちゃったのかしら」

波乃の体の震えはしばらく止まらなかった。

「モトさんに訊きますが」

「はい、なんでございましょう。旦那さま」

「この人は、ここに来るまえからこうでしたか」

「いいえ。よくお笑いになられましたが、食事中に箍《たが》が外れるようなことは、ございませんでした」

「箍が外れたとなると、たいへんだ。わたしが波乃を壊してしまったのかもしれないね」

袂《たもと》で顔を隠すと、波乃はほとんど小走りになって部屋を出た。どうやら八畳間に逃れたらしいが、懸命に笑いを堪《こら》えようとしているのが、板の間にいてもわかるほどであった。

信吾は思わずモトと顔を見あわせた。

「あのままにしておかれますと、本当に壊れてもとにもどらなくなりますよ」

「もとにもどらないと、モトさんに言われちゃあね」

うっかり駄洒落《だじゃれ》を言って、思わずモトを見てしまう。ほとんど感情を表したことのない顔が、般若面《はんにゃめん》となる直前まで激しているのがわかった。怒りが本物らしいとわかったので、信吾はあわてて波乃のあとを追った。

新妻は座敷の庭寄りに正座していたが、その右手は手拭を握りしめて膝に置かれていた。笑いすぎて涙が出てしまったようだ。

「どうやら壊れることだけは免れたようで、安心したよ」

「恥ずかしいところをお見せしてしまいました。呆《あき》れられたでしょう」

「普通の亭主なら呆れただろうけど、わたしは幸か不幸か普通じゃないから」

「子供さんに慕われていいなと思ってうれしかったからそう言ったのに、信吾さんが惚けた返辞をなさったから」

「それにしても、逃げ出すことはなかったと思うけど」

「モトが調子をあわせるように、箍が外れるような、なんて言ったものだから、我慢できなくなって」

「すると箍が外れた訳ではなかったんだ。安心したよ。ところで子供に慕われてると言ったけど、子供の席料を十文に値下げしたことを常吉が話したからかな」

「あら、そうだったんですか」

波乃はすっかり落ち着きを取りもどしていた。

「値下げのことじゃないとすると」

「琴を弾じておりましたらね、柴折戸を押してこちらの庭に、だれかが入って来た気配があったのですけれど」

「そのまま続けたんだね」

「はい。曲の途中でしたから。終わって顔をあげたら、女の子が、じっとあたしを見てました」

　ハツだ。

　祖父の平兵衛とやって来たとき、席料の件が一段落したところだった。自然と対局が始まったが、平兵衛の対局者は見付かったものの、ほかにあぶれた者はいなかったのである。そのためハツは手が空いてしまった。

　そういうときは、手本としたい人の対局を見学する。他人同士の勝負を見ると、自分が対局するよりも遥《はる》かによくわかることがあるからだ。常日頃、信吾がそのように言っているので、ハツはだれよりも熱心に見学していた。

　その日、気が付くとハツの姿が見えなかった。多分、庭を散歩しているのだろうくらいに思って、信吾はそれほど気にもしなかったのである。

　ところが、ハツの心は隣家に向けられていたのだ。

　気持はわからなくもない。

　ハツは将棋会所「駒形」始まって以来初めての女の、と言っても子供ではあるが、ともかく女の弟子である。でありながら、教えてくれた祖父を負かし、同年輩の男の子が足許《あしもと》にも及ばないほどの実力の持ち主であった。

信吾が驚いたのは将棋に取り組む真剣な姿勢で、となると教える側としては熱心にならざるを得ない。その真剣さに、信吾を慕う強い想《おも》いがあるのに気付いたのは、ある出来事があったためである。

信吾の両親の営む料理屋「宮戸屋」と波乃の両親の楽器商「春秋堂」が、合同で食事会を持ったことがあった。その場で二人がいっしょになることが決まったが、波乃のたっての願いで、翌日に、父親の善次郎《ぜんじろう》と連れ立ってよろず相談屋と将棋会所を見学に来た。

そのときハツは、体を硬くして波乃を見ようともしなかった。そこで初めて、信吾はハツが自分を師として慕っているだけでないことを知った。もっと強い、そして熱い想いで見ていたとわかったのである。

ハツはハツで、心身ともに幼い自分が、とても波乃の敵でないことを認めざるを得なかったのだろう。かなりの衝撃だったらしく、何日か「駒形」に姿を見せなかった。

しかし、事実を受け止めるしかないと覚《さと》ったらしい。将棋を捨てることはできないと気付いたのだろう、ふたたび通うようになっていた。

四

生垣と柴折戸に隔てられているが、隣家には信吾と波乃の暮らしの場がある。将棋会所は信吾の仕事場なので、波乃は決して顔を出さなかった。だから気になりはしても、ハツが生垣を越えることはなかったのである。

ところが今日、たまたま体が空いてしまった。

散歩するつもりで庭に出ると楽の音が聞こえてきた。落ち着いていながら、どこか心を掻《か》き立て、それでいて惑わせる音色に誘われるように、ハツは柴折戸を押して隣家の庭に入った。

すると八畳の表座敷で、波乃が琴を奏でていたのである。

わかってはいたが、現にそれを見てしまうと、波乃という存在が一気に膨れあがる気がした。逃げ出したいのに動けない。耳が、耳だけでなく心が、そして体そのものが、波乃の指が導き出す音色に囚われてしまったのを感じた。

金縛りに遭ったように、ハツはその場に突っ立って聴いていたのである。

音が途絶えた。演奏が終わったのだ。逃げるなら今しかない、との思いが心を支配したが、体が心を無視した。

恐らくそういうことだったのだろうと、信吾はハツの心と体の動きを想い描くことができた。

波乃が続きを語った。

「目があうと、女の子は後退《あとじさ》りして柴折戸に手を掛けようとしました。手招きすると、迷ったようですけれど近付いて来たんです」

波乃が感心したのは、女の子が少しも物怖《ものお》じしていないことだった。断りもなく庭に入り、いわば盗み見、盗み聴きをしていたのである。普通なら後ろめたさもあって、おずおずとまではいわなくても多少は悪びれるだろう。ところがそんなようすは微塵《みじん》もなかった。

目顔でうながされて女の子は座敷にあがり、琴を挟んで波乃と向きあうように坐った。

「ハツさんですね」

波乃が父親とともに見学に来た日、ハツはその顔を盗み見て信吾の妻になる人だと直感した。だが波乃は、盤上に屈《かが》みこんで駒を凝視していたハツに、気付かなかったかもしれない。もし気付いたとしても、顔は見ていないはずである。

思わず訊いてしまった。

「どうして、あたしの名を」

「将棋会所のお客さままで女の子はお一人、名前はハツさんと聞いていました。とてもお強いんですって」

ハツはポッと顔を赤らめた。

「信吾先生のお嫁さんで、波乃さん」

「よろしくね」

波乃と琴を交互に見比べてハツが言った。

「それだったんですね」

「ああ、これですか。琴という楽器です。箏《そう》とも言います」

「こと、……そう」

「聴いたことがおありなのね」

だから「それだったんですね」とハツは言ったのだ。

「聴いたことはあったけれど、見たのは初めてです」

首を傾げると、ハツは波乃の疑問に思い至ったらしい。

「あたしの家《うち》は本所の表町にあります。近くには御大名や御旗本のお屋敷が多いんです。おおきなお店《たな》のお屋敷や寮もあります。近くを通りかかると、たまにですが、塀の内側からさっきとおんなし音が聴こえてきました。だからどんなもの、楽器でしたね、どんな楽器なんだろうって」

「聴いたことはあっても、見たのは初めてなのね」

「お屋敷から聴こえてくるので、お姫さまとかお嬢さまが弾いているのだろうなって。波乃さんはお嬢さまなんですね」

「とんでもない」

「だって琴を弾いて」

思わず波乃は笑ってしまった。

「ごめんなさい。ハツさんが勘ちがいされたのがおかしくて」

「勘ちがい、ですか」

「あたしは楽器屋の娘で、お嬢さんなんかじゃありません」

「楽器屋さん」

「そう。いろんな楽器を売っている見世の娘だから」

「いろんな楽器って、もしかすると三味線なんかも」

「三味線は一番人気がありますよ。三本の糸しかないのに、驚くほどたくさんの音を出せるからかしら。派手で賑《にぎ》やかな音から、寂しく哀しい音まで。本当に驚くほど豊かな音を出せますものね。ほかにも虚無僧が吹く尺八とか、お祭りに欠かせない篠笛《しのぶえ》、大太鼓、小太鼓、締め太鼓などの太鼓の類《たぐい》。それから鼓《つづみ》もあります。鉦《かね》や鈴、木魚なんかも」

「木魚って、お坊さんがポクポク叩《たた》くあれでしょう」

「ええ。音を出す物は大抵そろっていますからね」

「楽器屋さん」

「楽器屋の娘だから、子供のころから親になにか一つは扱えるようになりなさいって言われて、それでいろんな楽器を奏でたの。一番気に入ったのが琴でした」

「たくさんの楽器があるのに、なぜ琴を選んだのですか」

訊かれて波乃は、思わずハツを見た。なにげなく訊いたのかもしれないが、なかなか本質を衝いているという気がしたからだ。

目の付け所が鋭いと信吾が言っていたのを、波乃は思い出した。大人にはとても思い付かないような手を繰り出すので、驚かされるとのことである。

改めて自分に問い掛けたが、納得のいく答は見つからなかった。

「楽器屋ですから、いろんな楽器がそろっています。でも琴が一番、なんと言ったらいいのかしら。楽しいのですよ」

「ふうん」とつぶやきながら、ハツは考え始めたようだ。釣られるように波乃も考えてしまった。

「なぜかしら。楽器はたくさんあるのに、なぜ琴を弾いていると、波乃さんは楽しいのかな」

「琴は弾くとは言いません。弾じるとか奏でると言います」

思わずそう言ったが、その裏側ではなんと言えばわかってもらえるだろうかと、懸命に考えていたのである。

「琴を奏でているとね、ときどきだけど、琴と話しているように感じられることがあるの。楽しいときは琴も楽しくてならないという音で応えてくれるし、うれしいときはうれしそうに。哀しいとき、寂しいとき、どんなときにもその気持を、音で伝えてくれるような気がするからかしら」

「人のようにですか」

「そうね。似てるところがありますね、琴はどこか、人に」

「琴は木でしょう」

「ええ。桐《きり》の木を刳《く》り貫《ぬ》いて、きれいな音が出るように、その音がよく響くように造られています」

「波乃さんは、木と気持を伝えあえるのですか。話せるのですか」

「話せるような、気がするだけなのかもしれません。でも大事なのは、そのように感じられることではないかしら」

またしても「ふうん」とつぶやき、一頻《ひとしき》り考えてから、ハツはくりくりした目を波乃に向けた。

「男の人はたくさんいるのに、波乃さんはどうして信吾先生を選んだのですか」

なぜなのだろう、と考えることすらできぬくらいの衝撃であった。十一歳のハツからそんなことを訊かれるとは、思いもしなかったからである。

「ふふふ」と、ハツは含むように笑った。「そんなに難しいことじゃないと思うんだけどな。波乃さんにとって、信吾先生は琴だからですよ。一番、気持が通じあえるからじゃないですか」

姉の花江《はなえ》が婿取りをするまえに春秋堂を出たかった波乃は、「あたしはなにも持たずに押し掛け女房になりますから」と宣言して、両親や姉を呆れさせた。

着物や帯、櫛《くし》や笄《こうがい》などは、なにも新しく買ってもらわなくてもいいと親に言ったのだった。いくらなんでもそれではと、母はあれこれ整えようとしたが、商家の娘としては信じられぬくらい少ししか持たずに嫁入りしたのである。

ただこれだけはと持って来たのが琴であった。事あるごとに弾じてきたこともあるが、ずっと自分に添ってきたとの思いが強かったからかもしれない。

ハツに「信吾先生は琴だから」と言われたとき、波乃は改めて強い縁《えにし》を感じたのである。

「ハツさんは信吾さんを、先生としてお慕いしているだけじゃありません」

「ほかになにがあるというのだい」

「嘘《うそ》を吐《つ》くのが下手ですね、信吾先生」

「先生はよしてくれないか」

「あたし、ハツさんに認められたのがわかって、とてもうれしかったわ」

「どういうことだい」

「ときどき、柴折戸を押していいですかって訊かれたの。凄いと思いませんか。ときどき会いに来ても、とか、話しに来てもじゃないのですよ。ハツさんは凄い。あたし、咄《とっ》嗟《さ》に柴折戸を押してなんて洒落た言い方は、できないもの」

「相手は十一歳の子供なのに、まるで対等であるかのような言い方だな」

「ハツさんが十一歳でよかった」

波乃は胸を撫でおろす真似《まね》をしたが、あながち冗談とも思えなかった。

波乃は淡々と話したが、それほどおだやかにことが進んだ訳ではあるまいと信吾は思っている。むりに自分を抑えながら、意識して平板に話したような気がしてならないのだ。なぜならハツとの遣り取りの中で、波乃は何度か戸惑ったり衝撃を受けたりしたらしいからである。

ハツにすれば波乃は、自分の将棋の師であり憧れの人でもある信吾を奪ったに等しい女、それも大人の女であった。ちょっとした言葉や仕種《しぐさ》に、反感なり嫉妬が含まれていて当然ではないだろうか。

いや、最初は敵意で全身を鎧《よろ》っていたかもしれない。

波乃がそれを感じないはずがなく、ゆえに戸惑ったはずだ。しかし、いつまでもそのままにしておかないのが、波乃の波乃らしいところだと信吾は思っている。

そして利発なハツもまた、話しているうちに次第に波乃を認めるようになった、というか認めざるを得なくなったにちがいない。でなければ、「柴折戸を押していいですか」という言葉が出てくるとは思えないからだ。

波乃もハツも、互いに相手を認めたのである。

「アキちゃんといい、ハツさんといい、波乃は年下の女の子に慕われるようだね」

「どこか似てますね。信吾さんは子供たちから、友達みたいに思われてるのでしょ」

となると、二人はやはり似た者夫婦と言うことだろう。

五

昼食のあとで波乃と話していたため、信吾が仕事場にもどったのは八ツをすぎてからであった。

指南も対局もなかったので、信吾は常吉に硯《すずり》、墨、筆と紙を持って来させた。硯の池に水を満たすと、それを見ていた常吉が訊いた。

「てまえが磨《す》りましょうか、旦那さま」

「いや、いいんだ」

どちらにするか決めかねていたので、墨を磨りながら考えようと思ったのだ。

将棋会所には一番よく見える壁に、次のような料金表を貼り出してある。

席　料　二十文
指南料　二十文
対局料　五十文

そして対局料には、次のようにちいさく付記してあった。

席亭がお相手いたします
負けたらいただきません

おなじように、席料の横に子供料金を付記しようと思ったが、それをどう書けばいいか迷ったのである。

「十五歳以下の方は十文いただきます」とすれば十五歳は含まれる。「十五歳未満の方は十文いただきます」には十五歳は含まれない。十五歳までを子供料金とするには、「十五歳以下」と表記するか「十六歳未満」とするかだが、どちらがわかりやすいだろうか。

　ゆっくりとした動作で墨を磨る。何度か往復させているうちに、独特の爽やかな香りが漂い始めた。

「なにも迷うことはなかったのかな」

「えッ、なんですか。席亭さん」

うっかり洩《も》らした独り言を、すぐ傍《そば》で対局している茂十に聞かれてしまった。

「いえ、なんでもありません。気にしないでください、独り言ですから」

「独り言にしてはおおきいので、てっきり話し掛けられたと思いましたよ。迷った末に指したのが良くない手だったのかと」

　まさか勘ちがいされるとは思っていなかったが、将棋のことしか頭にないと、ほかに気が廻らないのだろう。

「申し訳ない」

「いや、謝られるほどのことでもありませんがね」

「墨の効用でしょうか。すっきりした香りを嗅いでいると、なぜか気持が落ち着きます」

「気持が落ち着きますか」と言ってから茂十は首を傾げ、対局の相手に話し掛けた。

「てまえには、席亭さんはどことなく気が昂《たかぶ》っているように、懸命にそれを抑えようとなさってるように見えるのですが。そう思われませんか、太郎次郎さん」

訊かれた相手はちらりと信吾を見て、仕方ないというふうに答えた。

「わたしは、こちらに通うようになってから日も浅いので、その辺はよくはわかりませんですが」

「お二方、邪魔をして申し訳ありませんでした。気になさらず勝負に集中してください。あれこれ迷っていたものですから、つい」

「とすると席料、子供は半額にすると言った席料のことじゃないですか」

それには笑って返辞しなかった。席料のことにはちがいないが、金額ではなくてその文章のことだったからである。墨の香りを嗅いでいるうちに、午前中に自分が言ったことを思い出したのだ。

常連の同意を得たのでと断って、信吾はこう言ったのである。「十五歳以下のお客さんは半額の十文にします」と。であれば、それを文章にすればいいではないか。

信吾は筆に墨を含ませると料金表を書き直し、席料の脇に「十五歳以下の方は十文いただきます」と付記した。

「待てよ」

「待ったはなしでしょう」と言ってから、茂十は苦笑した。「なんだ。太郎次郎さんではなくて、席亭さんでしたか。となると独り言ですね」

「いけない。またやってしまいました」

上は十五歳としたが、下限は必要だろうかと思ったのである。襁褓が取れてからとの甚兵衛との遣り取りが、心のどこかに引っ掛かっていたのだろう。

考えるまでもなく十五歳以下で将棋を指す者なのだから、それ以上書くことはないのだ。それに、襁褓が取れたばかりの幼児《おさなご》が指せる訳がないではないか。

急に騒々しくなったのは、書き終えた信吾が筆を擱《お》いたときであった。

たまにあるのだが、数箇所で同時に対局が終わったらしい。勝負のあいだは緊迫した空気が張り詰めているが、それだけに緊張が解き放たれるのだろう、一気に場の空気が緩むことがある。

終われば直ちに次の対局者を求める者もいれば、並べ直して局面ごとに検討を始める者もいた。

並べ直すのは力量のある人たちである。相手の指し手に対して何手もの対応を考え、一番良いと思う手を選ぶから思考の道筋を再現できるのだろう。

そして山場ではどちらかが指した一手に関してすら、何種、ときには何十種もの可能性を示し、双方が意見を述べるのであった。それを見聞きしていると、そこまで考えるのだから強くならないはずがないと思わされる。

ところがすぐに次の相手を求めるような連中は、検討などしない。したとしても、序盤の十数手を指しただけでわからなくなってしまう。

双方が「あれ、そう指しましたっけ」「ん、こうだったかな」などとやってるうちに、訳がわからなくなってしまうのだ。そのため邪魔くさくなって、検討どころではなくなるのだろう。

ハツの対局が終わったらしく、子供たちが周りに集まって騒いでいた。ハツ一人が冷静であった。

「十文になったら、一番いいのはハツさんだよな」

いつも気を惹《ひ》こうとしている留吉がそう言ったが、ハツの反応は冷ややかであった。

「それは、さっき聞いたけど」

もちろん留吉は退《ひ》きさがらない。

「お金のことじゃなくて、仲間のことさ。ハツさんの友達が、通うようになるんじゃないかなと思って、楽しみにしてんだ」

「あたしの友達のこと」

「そうそう」

「あの子たちならダメよ。将棋なんて、お年寄りの暇潰しくらいにしか思ってないから、見向きもしないもん」

「将棋のおもしろさを知らないからだろ。知ったらたちまちのめりこむと思うな。なんなら、おいらが教えてやってもいいぜ」

「留吉さんはあたしの友達のことを知らないから、そんな気楽なことを言えるのよ」

「気楽なことって」

「あの子たちが夢中になるのはね」

「夢中になるのは」

鸚鵡返《おうむがえ》しになっているのに、留吉は気付きもしない。

「ママゴトでしょ、オハジキでしょ、折り紙でしょ、人形の着せ替え遊びでしょ。女の子みたいな遊びしかしないんだもん」

「女の子みたいなって、女の子じゃないか。ハッさんも女の子だろ」

「男の子に見えるの、あたしが」

逆襲されて、留吉は「うッ」と詰まってしまった。そこにハツが止《とど》めを刺した。

「あたしを女の子扱いしないで」

「だってハツさんは女の子だもの」

「ここにいるときは、女の子じゃないの」

「だったらなんなんだよ」

「うッ」と、ハツは顔を真っ赤にした。「あたしはね、あたしはね」

「言えないじゃないか」

「あたしは」と口籠もってから、ハツは顔を輝かせた。「あたしは将棋指しなの。そう、将棋指しなんだ」

「将棋指しだって。それはいいなあ。いい言葉だ」と、思わず信吾は声に出していた。

「将棋指しか。うん、これはいいよ。実にいい」

憧れの信吾に手放しでいいと繰り返されたので、ハツは雀躍《こおどり》しそうなほどであった。

「なるほど、いいですね」と、甚兵衛もうなずいた。「将棋指し、となると、なんとも納まりがよろしい。むだがないし、欠けたところもない。完璧です」

「将棋指し、であるか。なるほど、見事だ」

そう言ったのは、思いもしない権三郎であった。御家人崩れと雖《いえど》も、武士にはちがいがない。その権三郎が真顔で訊いた。

「ハツどのが考え出されたのであるか」

「考え出したなんて、そんな」と、さすがに留吉を相手にするようにはいかない。「たまたま訊かれたので、ふと心に浮かんだだけですから」

「瞬時にその言葉を思い付いたとなると、驚嘆するしかないな。ハツどのは何歳に相なられる」

「十一です、けど」

「将棋の腕も大したものだと思っておったが、才覚は将棋だけに止まらぬようだな」

相手が手習所に通っている少女ということを斟酌《しんしゃく》せぬ権三郎は、言葉を選ぶことなく言いたいことを言う。ハツが困ったような顔をしたからだろう、普段はにこやかな顔で黙って人の言うことを聞いている桝屋良作が、珍しく口を挟んだ。

「てまえはこの齢《とし》ですから、これと言った夢とか願いというものは持っておりませんでした。しかしハツさんの言葉を耳にしまして、ちょっぴり欲が出てまいりましたよ。長生きをしていると、ふしぎなことがあるものですね」

「無口な桝屋さんがおっしゃるからには、余程のことだと思いますが」と甚兵衛が、同意を求めるように客たちを見廻した。「欲などには無縁と思われる桝屋さんの、ささやかな欲とは一体なんでございますか」

やはり隠居はしても、商家のあるじであった人は凄いな、と信吾は改めて思わずにいられなかった。ここぞというときに切り出した桝屋の絶妙さもさすがだが、それに対する甚兵衛の受けはまさに阿吽《あうん》の呼吸と言っていい。

「笑わないでいただきたいのですが、ハツさんのことを陰で子供たちが女チビ名人と呼んでおりました。てまえはそのハツさんに、あの人は将棋指しだ。あの人こそ将棋指しですよと、そう言われるような将棋指しになりたいと思いましてね」

「これはまた奇なことを申される」と言ったのは、物書きらしいと言われている島造である。「暮れの将棋大会の優勝者桝屋どのを将棋指しと言わずして、だれを将棋指しと呼べばよろしいのか」

困惑気味のハツに助け船を出すつもりで口を挟んだのだろうが、話題の矛先が自分に向けられることになって、常日頃控え目な桝屋良作は肩をすぼめて俯《うつむ》いてしまった。

「しかし、これを機会に将棋指しとはどういうものであるか、真の将棋指しはいかにあるべきかについて、語りおうてもよいのではないかな」

権三郎がそう言ったので、銘々が自分の考えを述べ始めた。相手の意見に同意したり、互いが自説を譲らなかったりで、話が随分と弾んだのである。

おそらく八ツ半（三時）をすぎていただろうから、普段ならそろそろ帰り始める人もいる時刻であった。それでなくても、七ツにはほとんどの人が勝負を終えていた。そのため将棋盤に向かっている人はおらず、たまにはそれも気晴らしになっていい、と思った人が多かったのかもしれない。

「久し振りの盛りあがりですが、なかなかいいものですね」

声のしたほうに顔を向けると、相好を崩した甚兵衛の顔があった。

「三度目、ですかな。最初は間男、美人局《つつもたせ》、夜這《よば》いの話で、異様とも思える盛りあがりを見せました。一年近くまえでしたかね」

「今ならとてもできませんよ」

信吾がなぜ言ったのかと思ったらしいが、甚兵衛はすぐにうなずいた。

ハツはもちろんとして、子供たちが「駒形」に通うようになるまえのことである。大人ばかりということもあって、ハツや留吉にはとても聞かせられない、際どい話題が続いたのであった。

「それから、なんと言っても将棋会所『駒形』開所一周年記念の将棋大会、そして今回の」

「将棋指し一件、とでも名付けますか」

「たまにだからいいのです。毎日がこうですと困りますが」

甚兵衛はそう言ったが、十日後に「駒形」はまたしても盛りあがることになったのである。

六

客たちが帰ると、信吾と常吉は将棋盤と駒を拭き浄め、紛失した駒がないかをたしかめる。

「常吉は奥の六畳間を寝部屋にしていたね」

「言っていただければ、いつでも空けますから」

「いや、空けなくてもいい。ただ、昼間はお客さまに使ってもらうことがあるかもしれないから」

この貸家は、信吾がよろず相談屋と将棋会所にするために借りるまでは、小舟町《こぶなちょう》の乾物屋のあるじが妾宅《しょうたく》にしていた。八畳と六畳の表座敷、六畳の奥座敷と板の間、土間と勝手、三畳の奉公人部屋となって、厠《かわや》は外後架《そとごうか》である。

信吾は六畳の奥座敷、常吉は三畳間で寝起きしていた。信吾が波乃と暮らすため隣家を借りて移ると、常吉は六畳の奥座敷を自分の部屋にした。

表座敷の二部屋、奥座敷と板の間が田の字の配置となり、中央の大黒柱に母屋と連絡しあう鈴を取り付けてあった。少し離れた三畳間では鈴音を聞き逃すかもしれぬと、常吉は奥の六畳間に移ったのである。

将棋の客には八畳と六畳の表座敷を当てたが、客が多ければ六畳の板の間に座蒲団《ざぶとん》を敷いて使っていた。それでも間にあわないと、奥の六畳間も対局場にすることがある。

「十五歳から下の子は十文にしたので、手習所が休みの日にはお客さんが増えるかもしれない。そのときは奥の六畳間を使うことになる」

「使えるようにしておきます」

といっても常吉の持ち物は高が知れているので、部屋の隅にまとめて小屏風《こびょうぶ》を立てて置けば十分だろう。

「まあ、奥座敷を使うことにはならないと思うけどね」

暮れの開所一周年記念将棋大会の折、信吾は盤と駒を何組か買い足しておいた。しかし念のため新たに三組を求めたのである。予備のつもりなので、脚なしの一枚板の盤に、駒は彫りや塗りでなく安価な書き駒であった。

信吾は大雨でなければ、夜の木刀の素振りと棒術の型、鎖双棍《くさりそうこん》の組みあわせ技、早朝の鎖双棍のブン廻しを欠かさない。それだけでなく常吉にも教えている。

ある日、夜の鍛錬をしていて、ふと気配を感じたのであった。将棋会所に借りている家の庭にだれかいるらしいので、忍び足で生垣越しに覗《のぞ》いて驚いた。

常吉が棒を振り廻していたのである。しばらく見ていて、信吾の護身術の真似をしているのだとわかった。

まさに猿真似である。ただ動きを真似ているだけなので、メリハリが効いておらず、なにもしないよりはましだろう、程度でしかなかった。

「それじゃダメだな」

驚きようが尋常ではなく、常吉はその場で棒を振りあげたまま固まってしまった。ゆっくりと首を廻して信吾を見た。

「すみません」

「謝らなくていい」

言いながら信吾は柴折戸を押した。

「いつからやってるのだ」

「将棋指しって、ハツさんが言った日からです」

「憶えたいのか」

「は、はい」

「では教えてやる。見様見真似でやっているのだろうが、悪い癖が付いては却《かえ》ってよくない。常吉がやっているのを見たが、いいところもあれば、よくないところもある」

実のところ、いいところはほとんどなかったのだが。

信吾は棒の持ち方、構え方から始めて、攻め方と護《まも》り方の基本を教えた。まず基本ができなければ上の段階に進めないからと、徹底して身に付けるよう言ったのである。

ある程度のことができるようになれば、体術、いわゆる柔術も教えるつもりであった。

剣術は場合によっては教えてもいいが、鎖双棍に関しては、いや、今はそこまで考えることはないだろう。

「いいか。これは護身術と言って、なにも持たぬ、せいぜい棒か杖《つえ》くらいしか持たない者が、武器を持った相手から身を護るための技だ。しかし自信が付くと、どうしても攻撃、つまり攻めるために使いたくなる。だが、それは以《もっ》ての外《ほか》だ。絶対に人に知られてはならない。わたしの場合は、たまたま瓦版に書かれたので知られてしまったが、そうなれば威力が半分に落ちてしまうからな。だからだれにも知られぬようにな。わかったか」

「はい」

「よし。では教えてやろう。言ったように基本、土台だな、それができなくては上に進めない。おなじことの繰り返しなので厭《いや》になってしまうだろうが、飽きずにやるように」

それから毎日、といってもまだ数日でしかないが、常吉は朝晩ともに棒術の稽古を続けていた。


そして、次の手習所の休日になった。

鎖双棍のブン廻しをしてから、棒術の基本で汗を流した常吉を交えて信吾たちは食事をした。

食事を終えると常吉は将棋会所にもどり、駒の箱を載せた盤を挟んで座蒲団を並べ、客に茶を出すために湯を沸かす。時間に余裕があれば、算盤《そろばん》や手習いに励むのである。

伝言箱を覗いたがなにも入っていないので、信吾は八畳間で読書した。

「今日は手習所が休みの日でしたね」と、湯呑茶碗を持って来た波乃が言った。「なんだか、いつもより賑やかじゃないですか。それに時刻も早いのではないかしら」

波乃の言うとおりであった。

「子供の席料を半分の十文にさげたので、新入りが来たのかもしれない。茶を飲んだら早めに出てみるよ」

期待もあったので、茶を素早く飲み終えると日和下駄《ひよりげた》を突っ掛けた。柴折戸を押して仕事場の庭に出ると、思った以上の騒がしさであった。

「おはよう、みんな」

声を掛けると一斉に返辞したが、ざっと見渡したところ新顔がかなりいる。それだけではない。一人だけではあるが、女の子もいた。

沓脱石《くつぬぎいし》から座敷にあがると、だれもが連れて来た新入りを紹介しようとする。

「わたしは聖徳太子さんではないから、一度に言われても憶えられない。順に言ってもらいたいが、その子が直太だな」

まえのときに聞いていたので、正太が連れている子は直太だとわかった。

すぐに目がいったのは女の子だが、なんと留吉が連れて来たとのことだ。

「妹の紋《もん》です。羽織の紋とおなじ字」と言ってから、妹の頭を押さえた。「席亭さんだから挨拶しな」

ところが紋は泣きべそを掻いている。前回偉そうなことを言った留吉が、むりやり連れて来たらしい。

周りの女の子を誘ったが片っ端から断られたために、嫌がる妹を連れて来たのだろう。となるとそのままにはできない。

「初めての子は何人いるのかな。手を挙げておくれ」

一斉に手を挙げたが、数えると十二人もいた。十五歳以下の子供は今まで十八人いたので、全員が通うことになれば一気に三十人となる。半額にした効果がこれほどおおきいとは、信吾は思いもしなかった。

もっともだれもが、手習所が休みの日にはかならず通っている訳ではない。家の仕事を手伝わされるので、午前中だけとか午後だけの子もけっこういたのである。

小遣いで足らない分を、それで賄っている子も多いのだろう。

いつも一番乗りの甚兵衛が姿を見せたが、新入りの多さにさすがに驚いたようである。

「常吉」と呼ぶと、「へーい」の返辞とともにすぐに姿を見せた。

「新しい人からも席料をいただいたのか」

「へい。みなさんからいただきました」

「返してあげなさい。新入りだけだぞ。古顔には返さなくていい」

「わかりました」

「新しい人はここがどういう所か、およそのことは知っていると思います。しかし、よくわからないところもあるんじゃないかな。だから今日はお代をいただきません。見学と言って、どういう所で、どんな人がなにをしてるかを、よく見てください。それでもやりたくなったら、次からお代をいただくようにします」

常吉が命じられたとおり席料をもどしたが、新入りではなくて連れて来た者が受け取ることが多かった。弟や親類の子、あるいは近所の子を連れて来たからだろう。

「お紋さんだったね」と、信吾は留吉の妹に話し掛けた。「男の子ばっかりで驚いたんじゃないかな。五ツ半くらいになると、本所から通っているハツという子が来るけど、女の子は今のところその子だけなんだ。ハツさんは教えてもらった祖父《おじい》さんを、一年もしないうちに負かすようになったそうだ。ここにいる男の子は、だれもハツさんに勝てないんだよ」

紋の目が、一瞬だがキラリと光ったのを信吾は見た。しかしむりに、話をそちらに持っていくことはしない。

「将棋なんて好きでもないのに、兄さんに連れて来られたんじゃないのかな。だったら帰ってもいいけど、ハツという女の子が指すところを見てからがいいかもしれないな。もしかすると話もできるかもしれないから、それから決めても遅くないと思うけどね」

紋はコクンとうなずいた。

「直太はなかなか勝気そうな面構えだな。わたしにも正吾という弟がいるけれど、着る物が兄貴のおさがりばかりだと、いつも文句を垂れてるんだ。しかし正吾が将棋を憶えなくてよかったと思ってる。だってそんな弟に負けたら、兄貴として恰好《かっこう》がつかないものな。そうだろ」

　直太の目もやはりキラリと光を放ったが、信吾はさり気なく次の新入りに話し掛けた。そうこうしているうちに大人の常連も次第にやって来たが、新入りが多いのに驚いたようである。しかし若い客が増えるのはうれしいらしく、だれもが機嫌がよかった。

　五ツ半になると、祖父の平兵衛に付き添ってハツがやって来た。

　紋は来たときには少しでも早く逃げ出したそうであったのに、信吾がハツの話をしたので気持を変えたようである。ハツが指す盤側に坐ってじっと見ていたが、おそらく将棋を知らないだろうからおもしろいはずがない。

　紋は、対局になると周囲のことなど忘れたかのように集中するハツの、真剣極まりない表情、盤上に注ぐ目、そして指す手などの一挙一動を見守っていた。

　昼になると子供たちはほとんどが近所なので、食事をしに帰って行った。ところがそのとき、ほとんどの子が「おいら、通うことにしたから、よろしくね」と言ったのである。

　兄や近所の子に教えられて通いたくても、二十文が出せなかった子がほとんどであった。十文になって勇んでやって来たのだから、当然といえば当然かもしれない。

「おいら、将棋指しになりたいんだ」

そう言ったのは正太の弟直太であった。ハツが話した「将棋指し」という言葉が、よほど強烈に頭に刻みこまれたのだろう。正太は弟にそれを熱っぽく語ったにちがいない。

そして驚くべきことが起きた。

「兄ちゃん、あたし通いたい」

紋が留吉にそう言ったのである。

「いいのか。むりしなくていいんだぞ。だって、あんなに嫌がっていたじゃないか」

「ううん、憶えて、強くなりたいの」

ハツが楽隠居の三五郎を負かすのを見た紋は、大の男が十一歳の女の子に遣りこめられて口惜しがるのを見て、いつの日にか威張っている兄を負かそう、と思ったのかもしれなかった。

大人たちも食事に帰るか飯屋に行ったので、常吉を食事に向かわせると、甚兵衛と信吾だけになった。

「それにしても席亭さんは、子供の心を鷲摑《わしづか》みにするのが巧みですなあ。あんなふうに言われたら、だれだって『駒形』に通いたくなりますよ」

「いや、そうじゃなくて、子供たちが共感してくれるのは、てまえにはまだまだ子供っぽさが抜けないということなんですよ」

「いや、そうではありますまい。広い度量を持ちながら、子供心も失わずにいられる奇特なお方だと思いますがな」

紋が通うことになったので、今日初めてやって来た十二人の全員が通うことになった。次の手習所の休日には、新入りたちが来たら、まず全員を集めて話をしようと信吾は思った。将棋が礼に始まり礼に終わる、人が生きるためにもっとも大切にしなければならない、その精神に則《のっと》っていることを、しっかりと心に刻んでもらいたいからであった。

それを思うだけで心が浮き浮きしてきた。

自分が本当にやりたい相談所だけでは食べていけないので、信吾は日銭を得て支えるために将棋会所を併設したのである。ところが通う人が増え、将棋に熱中する人に接するにつれ、もともと将棋好きな信吾の中で、次第に将棋会所の比重がおおきなものとなっていた。

相談所とおなじくらい大事に、まさに車の両輪のようになってきたのである。

付き纏う数

一

「夕七《ゆうしち》さん、どこかお加減がよくないようですね。それとも心配事がおありですか」

信吾は常連客の一人に思わず声を掛けたが、相手は問われたことが意外だったらしく目を円くした。その屈託のなさを見て、信吾は不躾《ぶしつけ》だったと反省せずにいられなかった。常連客ではあるが、特に親しくしている訳でもなければ、あれこれ話しあったこともない。世間話をするとか、何人かの談笑にいっしょに加わるという程度でしかなかった。もっとも信吾は家主である甚兵衛以外とは、どの客とも一定の距離を置くようにしていた。将棋会所の席亭として、すべての客と対等に接すべきだからである。

将棋に関してだけでなく、自分のことについても、信吾は問われれば答えるようにしていた。しかし客の個人的なあれこれを聞き出すことはしない。だから夕七については、今戸《いまど》の住人らしいということぐらいしか知らなかった。

将棋会所「駒形」の客の多くは、北は金龍山《きんりゅうざん》浅草寺から南は御蔵前《おくらまえ》の少し先の鳥越《とりごえ》橋《ばし》、西は田原町《たわらまち》かせいぜい東本願寺《ひがしほんがんじ》の横を流れる新堀川《しんぼりがわ》に掛けての一帯に住んでいる。

なんのことはない、狼《おおかみ》の血が混じった「赤犬」の率いる野良犬たちの縄張りと、ほとんどおなじなのだ。野良犬といっしょにしては申し訳ないが、岡っ引の権六親分の縄張りとも重なっていた。

今戸の夕七は、本所表町のハツや両国住まいの茂十らとおなじく、遠くから通う熱心な客の一人であった。

会所のある黒船町から大川沿いに遡って吾妻橋を越え、さらに上流に進むと山谷堀《さんやぼり》に今戸橋が架《か》かっている。そこから川沿いに橋場町《はしばちょう》までが浅草今戸町で、西側にちいさな寺が並ぶ南北に細長い町だ。

今戸は人形や狐《きつね》、狸《たぬき》、猫などの置物、庶民用の茶道具、火鉢、植木鉢のような日用の焼き物、とりわけ瓦の生産地として知られている。『江戸切絵図』の一枚「今戸箕輪《みのわ》浅草絵図」には、「此辺瓦ヤクナリ」とあるように、瓦の窯場が多い。

そして「都鳥ノ名所ナリ」とも書かれている。少し下流の浅草御蔵の「首尾《しゅび》の松」辺りに掛けて、都鳥、つまりユリカモメの姿がよく見られた。

夕七の家は今戸焼の瓦の窯元らしい。らしいというだけで、詳しいことはわからなかった。本人は二十代半ばか三十歳まえのようだが、正確な年齢を信吾は知らない。いや家族構成はもちろんとして、妻帯しているかどうかも不明であった。

であれば、体調や個人の悩みに関する問いは、慎むべきだったのだ。

夕七は勝負を終えたが次の相手が決まらないので、隣席の対局を見るともなく見ているようであった。いや、盤面に目を向けてはいても、焦点が定まっていないように見受けられた。

思いを巡らせているらしく、首を捻《ひね》ることもあった。しかも何度か溜息《ためいき》を吐《つ》いたので、信吾はたまらず声を掛けてしまったのである。

「いやあ、体の具合《ぐええ》はなんともありゃせんが、妙に見えるかね」

そう答えるのが普通だろう。悩みがあったとしても、不意に訊《き》かれて、実はと打ち明ける人がいるとは思えない。

「なんとなく、気になることがおありのような気がしましたのでね」と言ってから、信吾は冗談に紛らせた。「もし悩みがありましたら、相談屋もやっていますので気楽に声をお掛けください。もっとも、押し売りではありません。困っている人、悩んでいる人、迷っている人から、それらを取り除いてあげたいな、と思っているだけですので」

しかし夕七は冗談とは取らなかったようだ。

「将棋会所『駒形』といっしょに、『よろず相談屋』の看板が掛かっとるんは知っとりやす。少しめえに、『めおと相談屋』に掛け替えられたこともね」

「相談のことは、気になさらなくていいですよ」と、信吾は話を打ち切ることにした。

「相談屋をやっているからでしょうか、人が溜息を吐くのを見ると、つい、心配事があるのだと思ってしまうのでしょうね」

「溜息ぃ、あっしがですかい」

「はい、何度も。それに、しきりと首を振っていらしたので」

「それは気付かなんだ。癖だろうか。へえ、溜息と首振りをねえ」

「なくて七癖と申しますが、人は大抵、自分の癖には気付かぬものだそうですから」

夕七は首を傾《かし》げ、少し考えてから言った。

「将棋に関して、席亭さんの読みは深《ふこ》うて鋭いが」

「これは手厳しい。人のこととなると、まるっきり読みちがえておりますか」

「そういう意味ではありゃせんがね。深うて鋭い読みの席亭さんが妙に思われたとなりゃ、どっかおかしいのかなと思わざるを得んでっしょうが」

「いえ、顔色はいいようですから、夕七さんのおっしゃるとおりてまえの読みちがえ、思いすごしだと思いますよ」

「ほれにしても、席亭さんは客のことをそこまで気に掛けてくれておりやすか。ありがたいこって」

なんとなく嚙《か》みあわぬ会話がおかしくて、二人は顔を見あわせて笑ったが、遣《や》り取《と》りがどこか変だとの思いは否めなかった。

夕七の言葉や喋《しゃべ》り方は、今戸辺りの職人たちとはかなりちがっていた。親が田舎から出て来て窯を持ったとしても、子供の夕七は土地の言葉に馴染《なじ》むはずだ。あるいは各地を渡り歩いて来た職人が、なにかの縁で窯元の娘の婿となったということだろうか。

浅草生まれで浅草育ちの信吾は、各地から江戸に働きに来た人たちの言葉を耳にすることが多い。

陸奥《みちのく》とか越国《こしのくに》、尾張《おわり》辺りとか上方の京大坂、さらに西国とか、およその見当が付けられることがほとんどである。だが夕七の言葉、喋り方、訛《なま》りには各地のものが混じりあっているようで特定できなかった。

いけない、いけない、下手な穿鑿《せんさく》はすべきでない、と信吾は自分を戒めた。

将棋の力量から、信吾は「駒形」の客たちを上中下の三段階に分けている。当初は上が一割、中が二、三割、下が六、七割ぐらいの配分であっただろうか。

しかし十歳前後の子供たちが通うようになってから、十代後半、二十代、三十代の客も増えていた。切磋琢磨《せっさたくま》するようになったからか、全体の水準もかなりあがっている。今では上が二割、中が三、四割、下が四、五割になっているかもしれない。

下の多くは時間潰しに楽しんでいるご隠居さんが主だが、初心者や通い始めて間もない者も含まれる。程なく中、さらに上に進む者もいるが、多くは下から抜け出すことができない。いや連中は抜け出したいなどという意欲は、とっくにどこかに置き忘れているのだろう。

でありながらそれなりに楽しんでいるのだが、信吾はそれでいいと思う。将棋会所は、本来が将棋を楽しむ所だからだ。

夕七は中の上の部類である。小細工をせぬ指し方はいいのだが、そのため攻めも守りも型どおりで単調になり、相手に先を読まれてしまう。しかし考えながら理詰めで指しているので、なにかのきっかけを摑《つか》みさえすれば、一気に伸びる可能性があると信吾は見ていた。

ご隠居さんたちは朝の五ツ（八時）前後にやって来て、夕刻の七ツ（四時）ごろまですごすことが多い。将棋をそっちのけにして、長々とお喋りをしていることもあった。ところが夕七は、午前中だけで引き揚げるかと思うと、午後になってひょっこり顔を見せることもあった。不意に顔を出し、あわただしく一番だけ指して姿を消すこともある。

とすれば、家が瓦焼きの窯元というのも、うなずけないことはない。

瓦焼きの作業がどういうものか信吾はよくは知らないが、土を捏《こ》ねて型に入れ、乾くか半乾きになったものを窯に隙間なく並べ、火入れをするのだろう。焼きが終われば火を落とし、冷めるのを待ってから取り出すにちがいない、くらいの工程は思い浮かべられる。

一連の作業の中で手が空くことがあって、夕七はわずかな時間を惜しんで指しに来るらしかった。

今戸橋の架かる山谷堀から日本堤《にほんづつみ》を北西に八町（約九〇〇メートル）ほど進めば、天下御免の遊廓《ゆうかく》「新吉原」がある。仕事の合間に時間ができれば、男なら素見《ひやかし》に行きそうなものだ。

また目のまえを流れている大川は、今戸の辺りではいわゆる潮入りになっていた。となれば時刻次第で、海の魚も川の魚も釣れるだろうから、手軽に四季の釣りが楽しめるはずである。

ところが夕七は、新吉原より遠い黒船町に将棋を指しに来るのだから、変わり者と言っていいだろう。


夕七との短い遣り取りは、その場かぎりであったはずだ。

ところが数日後、対局者たちに常吉が茶を配った折のことであった。茶碗《ちゃわん》を手にした夕七と目があうと、話し掛けてきたのである。

「席亭さんは、夜はどうなさっとるね」

「どう、と申されますと」

「こりゃ野暮なことを訊いてしもうた。新所帯《あらじょたい》を持ったばかりの人に、こんな訊き方をすりゃ、変に取られるのは当たりめえだ」

常連客の何人かが含み笑いをした。

際どいことを言われているのはわかっていても、気付かぬ振りをして首を傾げる。しかし相手は、透かさず二の矢を放った。

「とは言うても、まさか晩飯を喰《く》ったらすぐに、という訳ではねえでしょうが」

「本を読んだりすることが多いですね」

仕方なく躱《かわ》した。夕七が喋らせたいことには、ほかの客の手前もあって知らぬ顔をするしかなかった。当然だが木刀の素振りや、護身術の鍛錬をしていることには触れない。

「家《うち》で酒を飲んだりもされますんで」

「人さまがお見えになれば、ごいっしょすることもありますが、晩酌はやりませんね」

「一度、お邪魔させてもろうてもええかね。相談でのうて申し訳ねえが、もしかすりゃ、おもしろがってもらえる話ができるかもしんねえし」

「もちろん、かまいませんとも」

対局中の常連客の耳にも届いているだろうから、無下に断る訳にいかなかった。

それに先日のこともあり、相談でない話がどんなものか知りたかったからである。首を傾げ溜息を吐いた理由がわかるかもしれないと、興味が湧いたからだ。

二

その夜もいつものように、波乃、モト、常吉と四人で夕餉《ゆうげ》の席に着いた。食事を終えると、常吉は番犬の餌を入れた皿をモトから受け取って、仕事場の将棋会所にもどった。信吾は八畳の表座敷に移って、茶を飲みながら波乃に夕七との遣り取りを話した。不意にやって来ても驚くことはないだろうが、少し変わったところもある男なので、教えておいたほうがいいと思ったからだ。

茶を飲み終えたので、庭に出て木刀の素振りや、鎖双棍《くさりそうこん》と棒術の型をやろうとしたときであった。

「旦那さま。夕七さんとおっしゃるお客さまが、お見えになりましたが」

襖《ふすま》の向こうでモトの声がした。声が硬いのは、夕七の言葉遣いに閉口したからだろう。

「お通しして」と答える声に重ねるように、聞き慣れた声がした。

「夜分にお邪魔いたしやす」

声と同時に夕七が部屋に入って来たが、手に一升徳利《とっくり》を提げている。

「席亭さんを驚かしちゃいけんとは、思とったんだがね」

「ここは将棋会所ではありませんから、席亭さんはよしてください。信吾でいいですよ、夕七さん」

「ほんじゃ、信吾さんとさせてもらいやす。善は急げ、とか、思い立ったが吉日、と申しますでね。と勝手な理由を付けて、早速やって来たっちゅうこってすよ」

「ようこそ、いらっしゃいました」

挨拶してから、信吾は夕七と波乃をそれぞれ紹介した。

「おもしろい話を聞かせていただけるとのことでしたので、楽しみにしておりました」と言ってから、波乃は口に手を当てた。「あら、厚かましかったでしょうか。それよりあたしが傍《そば》にいると迷惑ですわね、夕七さんには」

「いんや、相談事ではありゃせんので、波乃さんもごいっしょにどうぞ。もっとも、話がつまらんので退屈されるかもしれやせんが」

夕七が相談事ではないという部分に力を籠めたのは、相談料は払いませんからねと、念を押したつもりかもしれない。

「ほれに、ちょっとばかし妙な、訳のわからんところもあるで、お一人よりお二人に聞いてもろうたほうがええと思いますでな」

波乃はそつがない。以後も笑顔を絶やすことなく、相鎚《あいづち》を打ちでもするように、ときどきうなずいて聞いていた。

「せっかくそうおっしゃるのだから、聞かせていただきなさい」と波乃に言ってから、信吾は夕七に目を移した。「相談事の場合も、波乃とてまえがそれぞれべつに受けることもあれば、いっしょに話を聞くこともありましてね」

「めおと相談屋ですけん、お二人のお力にすがりてえとの相談客も多いこってしょうな」

そう言われると少々面映《おもは》ゆかった。二人で相談に乗ったことはまだなかったからだ。

「押し掛けた上に、訳のわからん話を聞いてもらうので、さぞかし迷惑を掛けると思いやす。で、お詫《わ》び代わりに」

そう言って夕七は、体の横に立てた徳利を押し出した。

「気を遣わせて申し訳ない。酒のことでしたら親が料理屋をやってますので、心配していただかなくてもけっこうですよ。今日はありがたく頂戴いたしますが、次からはどうか手ぶらでいらしてください」

信吾はモトを呼ぶと燗《かん》を付けるように頼み、襖は閉めなくていいと言っておいた。

ところで、夕七の酒はどうだっただろうかと、思い出してみる。

「駒形」開所一周年記念将棋大会の打ちあげや、年初の新年会で飲んだはずだが、記憶に残っていなかった。ということはおだやかな飲みっ振りで、騒いだり人に迷惑を掛けたりした訳ではないということだ。

もっともあのときは大勢で飲んだし、量も大したことはなかった。まさか酒癖が悪いとか、酒乱ではあるまいが。

信吾は外出時と会所にいるときには、折り畳んで糸で縛った鎖双棍を懐に入れていた。柔《やわら》とも呼ばれる体術の心得もあったが、万が一、相手が刃物を持っていることを考えてのことだ。

将棋会所にはいつどんな人がやって来るかわからないので、なにかあれば席亭は客を護《まも》らなければならない。

インチキ賭け将棋に引きずりこまれて、五両を騙《だま》し取られそうになった客を、信吾が機転を利かせて助けたことがあった。

つい懐に手を入れそうになって信吾は苦笑した。夕七は力仕事をしているので腕力はありそうだが、いくらなんでも乱暴を働くことはあるまい。それに信吾の武勇伝が瓦版で派手に扱われたのは、夕七も読んでいるかどうかはともかく、「駒形」でも話題になったので知っているはずである。

ふとそんなことを思ってしまった自分が、信吾は滑稽でならなかった。

笑ったとしても微《かす》かなものであったはずだが、夕七に見咎《みとが》められたようだ。

「失礼しました。将棋大会の打ちあげや新年会で飲んだときのことを、思い出しまして。夕七さんは顔色が少しも変わらなかったですが、お強いのでしょう」

「あんときゃ、飲んだうちに入らんもん。舐《な》めたくらいだで」

「するとかなり飲めるということですね」

「少々飲みやすが、わしなんざ、土佐じゃ酒飲みのうちに入れちゃもらえんでしょう」

「夕七さんは土佐のお方ですか」

「うんにゃ、土佐生まれの者に聞きやしたがね」

「土佐は大酒飲み、酒豪が多いそうですね」

「一升くれえじゃ酒飲みのうちに入れてもらえんらしい。少々飲むといや、二升だ。升と升で二升だな」

「先ほど少々飲むとおっしゃいましたが、とすると夕七さんは二升もお飲みに」

「ま、多少は飲めやすがね」

「いえ、多少なんてもんじゃないですよ。二升も飲めれば」

「なに言うとるだね、信吾さん。多升とくりゃ、升々より多いってことでねえか」

「すると三升以上ですか」

「そう言うこったな。三升だからピリリと辛《かれ》えのよ」

駄酒落《だじゃれ》に波乃が噴き出した。

「いやあ、おもしろいですねえ。少々に多少ではなくて、升々に多升ですか。言葉が活《い》きてますね。言葉の力を感じますよ」

信吾がそう言うと、夕七の瞳が輝きを強めたような気がした。どうやらおもしろがる部分に、二人は共通したものがあるらしい。将棋会所でのなんでもない遣り取りでそれを感じ、夕七は一升徳利を提げてやって来たのかもしれなかった。

「言葉ちゅうもんには、もともと力があるのかね。それとも操る人によって、言葉に力が生まれるのだろうか」と、夕七は少し考えてから言った。「となりゃ、言葉を扱う人によって、おんなじ言葉が力を持ったり持たなかったりする、ってことになるのだが」

「燗が付きましたのでお持ちしました」

襖は開けたままになっているので、隣の六畳間で声を掛けてから、モトが銚子《ちょうし》と盃《さかずき》を載せた盆を持って現れた。見れば銚子は三本であった。波乃は口を付けるだけなのがわかっている。

いい間合いで燗が付いたと信吾は思った。これから話がおもしろくなりそうであったが、水を注《さ》されたというよりは、微妙な間が取れたと思ったのである。

「もう二本燗してもらえますか」

「かしこまりました」

信吾は銚子を手にすると、三つの盃を満たした。

それぞれが盃を取る。波乃は唇に触れただけで下に置いたが、信吾と夕七は飲み干した。波乃が二人の盃を満たす。

「言葉と人の、どちらが力を持っているかと言うことですか。夕七さんはそれを扱う人によって、言葉が力を持ったり持たなかったりするとおっしゃいましたが、とすると言葉より人のほうが力を持っているとお考えのようですね」

夕七は盃を下に置いて腕組みをしたが、しばし黙考してから迷ったような顔になった。適当に受け答えせず、一度受け止めてから自分の言葉で語るのが習慣になっているらしい。

「言葉、だろうかね」

先に言ったことを覆したことになる。

「なぜ言葉だと」

「言葉が扱う人によって力を持ったり持たなかったりするんは、もともと言葉に力があるからでねえかね。でなきゃ、人は活かしようがねえでしょうが」

「なるほど、そうかもしれません。言葉は言霊《ことだま》と言って、霊力、摩訶不思議《まかふしぎ》な力を宿すそうですからね」

信吾がそう言うと、夕七はまたしても思いに沈んだのであった。

会所で話したとき「新所帯を持ったばかりの人」と、夕七は際どいことを口にした。

そのとき、邪魔していいかと打診されたので承諾すると、その夜に一升徳利を提げてやって来た。信吾は夕七が妻を娶《めと》ったばかりの信吾の住まいに揶揄《からか》い半分という気もあって来たのかと思ったのである。だが夕七に、そのような気配は感じられない。

瓦造りの職人たちに指図しながら、率先して力仕事をこなしているだろうことは、太い腕や肩の盛りあがり、分厚い胸を見ればわかる。見た目だけで人を判断するのはよくないが、ちょっと見では、頑固で一徹な気質丸出しの職人であった。

しかし、それは夕七のほんの一部であるようだ。将棋会所に顔を出すのがやはり一部であるように、夕七はいくつもの顔を持っているのかもしれない。そして、日々の営みの中であれこれと考えを巡らせているのだろうか。

思慮深げな顔で夕七が言った。

「言葉に霊力つうもんがあるとすりゃ、周りに力っつうか、影響を及ぼすこともあるんでしょうかね」

「と申されますと」

「言葉が支配っちゅうか、人の考えることに影響を与えたり、人のすること、あるいはしようとすることを縛ったりっちゅうことだけんど」

おもしろいことを言い出したと、信吾は驚かずにいられなかった。まったく共感できるという訳ではないが、夕七が言わんとしていることはわからぬでもない。

「あるでしょうね。だから古《いにしえ》の人は、言葉が霊力を持つと考えたのだと思います。考えたというより、言葉に力がある事実について、あまりにも多くのことを見せられたのでしょう。そのため、言葉が力を持つと思わざるを得なかったのだと思いますが」

ふーッと夕七はおおきな溜息を吐いた。将棋会所で見たよりも、遥《はる》かに深くおおきな溜息であった。

「それを感じたのですね、夕七さんは」

「どういうことかね」

「ふと思っただけなのですが、なにかをなさろうとしたとき、あるいは迷いに迷ったときなどに、心の裡《うち》の声を聞かれた、あるいは聞こえたような気がしたことが」

「天の声、ゆうことですかい」

「そう言い換えてもいいような、天の声と言うしかないような」

「席亭さんもかね」

「信吾、ですよ」

「これは失礼いたしやした」

夕七は苦笑したがすぐに真顔にもどった。

「信吾さんも、お聞きになったことがあるんだね」

信吾の場合、どうすべきか判断できかねるときには、生き物たちが教えてくれることがある。まさに天の声としか言いようのないものが、導くというか助言してくれたことも何度かあった。

しかし今はそれに触れるべきではない。なぜなら夕七には、打ち明けたいことがありそうだったからである。「信吾さんも」と言ったのは、本人にそのような覚えがあるからこそだ。

「初めて差し掛かった二股道で、なんの迷いもなく選んだ道を行くと、逢《あ》いたいと思いながらどうしても逢えなかった人にバッタリ出会ったとか」

「ふんふん」

「反対側の道の先で、ほぼおなじ時刻に辻斬《つじぎ》りが出て、人が斬り殺されたことがあとでわかったとか。それでよくよく思い出してみると、右とか左とか、どちらを選ぶべきか、どこかから声が聞こえていたんですよね」

「そういうこったな」

「だから注意していたのですが」

「あったかね」

信吾はうなずいた。

三

御厩《おんまや》の渡しは、将棋会所「駒形」のすぐ南に位置する三好町《みよしちょう》に接した御蔵の河岸《かし》と、本所の阿部伊勢守《あべいせのかみ》の下屋敷まえの河岸を結んでいる。

本所側にある船着き場で、船頭が両手を口に当てて「船が出るぞう」と急《せ》かしていた。見ればかなりの混み具合で、しかも馬を一頭乗せている。

本所に屋敷のある旗本や御家人が勤めのために利用するので、武士の船賃は無料であった。二文払えば武士以外の者でも乗せてもらえるが、武士の乗る馬も二文で乗せていた。

旗本と御家人が仕事のために利用するので、本所と浅草御蔵の北に位置する桟橋を、頻々と行き来していたのである。十四人の船頭が休憩を挟みながら順繰りで、八艘《そう》の船をひっきりなしに往復させていた。両岸の番所には四人の番人が交替で詰めている。

渡し場は両国橋と吾妻橋のほぼ中間にあって、どちらの橋から廻《まわ》っても随分な道程《みちのり》を歩かねばならないので利用者は多い。

満席に近いが乗れないことはなさそうだ、と思ったそのときである。すでに乗船していた客の一人が、中腰になって信吾に手を振りながら呼び掛けた。

「信吾。一人なら大丈夫だから、乗せてもらいな。船頭さん、ちょっと待っておくれ」

見れば幼馴染《おさななじみ》の完太《かんた》である。中腰になったと思ったがそうではなく、背を伸ばしただけであった。「物干し竿《ざお》」が渾名《あだな》の完太は、坐《すわ》ったままでもほかの乗客より頭一つ以上の丈がある。

竿竹で岸を突いて船を出そうとした船頭が、どうするね、という顔で信吾を見た。

そのときであった。

——次の船を待て。

はっきりと聞こえた。

「次にするよ」

言うなり船頭が竿竹で桟橋の棒杭《ぼうくい》を力まかせに押したので、船はゆっくりと川面《かわも》を滑り出た。

「ほんじゃ、あとで寄らせてもらうから」

完太の声を残して船は桟橋を離れた。

「するってえと、ひっくり返《けえ》ったかね」

信吾が話し終えるのを待てずに、夕七が急きこんで訊いた。

「ひっくり返りこそしなかったのですが、とんでもないことになりまして」

「ほかの船とぶつかったんだね」

「そのほうがよかったかもしれません、完太にとっては」

それだけで理由がわかったらしく、波乃はわずかな笑いを浮かべた。訳がわからぬからだろう、夕七は少し口惜《くや》しそうな顔をした。

「馬がやってしまったんですよ」

「馬が、いってえ」と言ったところで、ようやく夕七は気付いたようだ。「あッ、そりやことだ」

「まさに大ごとだったそうです。川柳そのままでしてね」

「出物腫れ物所嫌わず、ってやつだな」

「さあことだ馬の小便《しょんべん》渡し船、ですよ。完太は馬の尻側に坐っていたんですが、間の悪いことに牝馬《ひんば》でしてね。満席に近い狭い船の中ですから、逃げようがありません。何人かが害に遭いましたが、飛沫《しぶき》を浴びたくらいでした。散々だったのが完太で、たっぷり浴びせられて、頭から着物はもちろん下帯までびしょ濡《ぬ》れになったそうです。乗客だけでなく船頭まで腹を抱えて笑ったそうでね。一番ひどいのは、馬の持ち主のお旗本ですよ。馬に乗れるご身分ですから、そこその御大身《ごたいしん》なんでしょうが。そのお武家が」

「声をあげて笑《わろ》うたかね」

「笑いはしませんでした。騒ぎには気付きもせぬ振りをして、お供を相手にひたすら川柳の話を始めたそうでしてね」

話が飛んだので、夕七は肩透かしを喰ったような顔になった。

「センリュウ、だってぇ」

「さあことだ」の題で作った川柳がいくつもあるそうで、「さあことだ床屋のあるじ気がちがい」とか「さあことだ下女鉢巻を腹に締め」などが知られている。「さあことだ下女スバシリが抜けぬなり」というのもあるが、スバシリはボラの幼魚だそうだ。

成長するに従って名が変わるボラは、出世魚として知られている。幼魚時代の呼び名は土地によってちがうこともあるが、イナやボラになるとどこもおなじで、ほぼ次のようになっている。

一寸（約三センチメートル）以下がキララゴ、一寸から三寸（約一〇センチメートル）をオボコ、三寸から六寸（約一八センチメートル）をスバシリ、六寸から十寸（約三〇センチメートル）をイナ、十寸以上をボラと言う。ボラの中でも特におおきくなったのをトドと呼ぶが、「トドの詰まり」はこれが語源らしい。その先はない、という意味だそうだ。

下女を扱った川柳のあとのほうは、いわゆる外聞を憚《はばか》るバレ句である。

スバシリは鯉《こい》や鮒《ふな》、鯛《たい》や鯵《あじ》などのように扁平《へんぺい》でなく、丸い体形をしている。断面は円か楕円に近く、頭から尾鰭《おびれ》の近くまでほぼおなじ太さなのだ。そのため五寸（約一五センチメートル）前後のスバシリは、実に具合がいいらしい。

男の体が恋しくてたまらなくなった下女が、スバシリを使って自分を慰めていたところ、奥さまに呼ばれてしまった。あわてて抜こうとしたが、頭から挿しこんでいたため、鱗《うろこ》や鰭が邪魔して抜くに抜けない。あわてふためく下女のさまを詠んだ句、だとのことである。

波乃がいるので、信吾は完太に聞いた話のうち、スバシリに関する部分は夕七に話さなかった。

「船が対岸に着くまでのあいだ、お旗本の殿さまは供侍に川柳の話をし続けたそうです。馬のやらかしたことには、ひと言も触れることなくね。普通であれば着物代としていくばくかを、でなくても、せめて洗濯代に迷惑料として詫び賃を払うべきでしょう。ところがお旗本は、そんなことなどなかったがごとく、ひと言も完太に詫びませんでした。岸に船が付くなり件《くだん》の馬に跨《また》がって、あッと言う間に姿を消したそうです」

「呆《あき》れたこってねえか。二本差しともあろう者が、いくらなんでも、ちとひどすぎやせんかね」

「負け惜しみでしょうが、完太は言っておりました。お蔭《かげ》で川柳についての耳学問ができて、一つ利口になれた、なんてね。たしかに利口になったようです。あれ以来、いくら空《す》いていても、馬を乗せた渡しには乗らなくなりましたから」

「ええことを教えていただきやした。あっしも馬の乗った渡しには、乗らねえようにしやしょう」

「ということで元にもどりますが、あのときわたしはたしかに聞いたのです。『次の船を待て』という天の声を。それを無視して乗っていたらと思うとゾッとします。完太と向きあうか並ぶかして、坐るしかなかったはずですから」

波乃が俯《うつむ》いてしまったが、俯いただけではない。肩を震わせ、顔面を真っ赤にして笑いを堪《こら》えていたのである。

「まずいことを言ってしまったようです」

「えッ、あっしがなんか、気に障ることを言いやしたですか」

「夕七さんではなくてわたしです。完太は幼馴染なので、ときどきここへ遊びに来るのですよ。困ったことに、波乃はめったにいないほどの笑い上戸でしてね。完太の顔を見るなり、川柳を思い出して噴き出すのではないかと、それが心配になりました。いや、まちがいなく噴き出すはずです」

　波乃がさっと席を立った。

「燗が付いたところですね。お話はこれから楽しくなりそうですから」

　部屋を出る波乃を見送って、夕七が感に堪えぬように言った。

「信吾さんの奥さんはてえしたもんだ。普通ならあっしの言葉遣いや喋り方に、呆れた顔をなさるもんだが」

「そうなんですか。でも、なぜだろう」

「ガサツだからねえ」

「しかし大事なのは、なにを喋ったか、なにを言いたいのか、ではないのですか」

「そうなんだがね。大抵《たいてえ》の人はなにが言いてえかより、喋り方っつうか、見てくれしか気に掛けねえもんな」

「それなら波乃は大丈夫ですよ」

「なにが大丈夫なんで」

「見てくれを取っ払うことから、相談屋の仕事は始まるのです。いえ、でなければ仕事になりません。見た目に囚《とら》われていたら、その人が見えませんからね。人が見えないのに、悩みや迷いがわかる訳がないでしょう。そんなありさまで相談に乗れるほうが、おかしいですから」

言ってしまった。しかも、そうありたいという願いを、自分たちの仕事の基本であるかのように、いかにももっともらしく。

「なるほどねえ。若えにかかわらず相談屋が繁盛する訳《わけ》だ。冗談じゃなしに、あっしも困ったことができたら、相談に来なくっちゃなんねえな」

波乃が燗を付けに行っていてよかった、と信吾は一瞬そう思った。もっとも夕七は職人らしく声が野太くておおきいので、おそらく、いやまちがいなく聞こえているだろう。とすれば燗を付けながら、波乃は肩を震わせているにちがいない。

繁盛どころか、相談屋は足が出ることのほうが多かった。将棋会所の日銭の収入《あがり》があるので、なんとか凌《しの》いでいるありさまだ。

「見てくれを取っ払うたって、理屈ではそうかもしんねえが、いざとなりゃ難しかんべ。どのようにやるだね、信吾さん」

「筍《たけのこ》の皮を剝《む》く、というか剝ぎ取るのとおなじですよ。一枚一枚と剝いでいって、すっかり剝いでしまえば、あるのは筍の本体だけですからね」

「あとはどう料理するかだけっちゅう訳かね。あッ、そういうことか」と、夕七は膝を叩《たた》いた。「しっくりこねえと思うたら、信吾さんが筍に喩《たと》えたからだよ。女だと思やえだ。帯を解いて、着てるもんを一枚一枚剝ぎ取って行きゃ、残るは二布《ふたの》（腰巻）だけだもんな。それを引っ剝がしゃ、もう金輪際、ごまかしは効かねえ。あとはってえと」

夕七が動作を交えながら話すので、次第になまなましくなる。新所帯のほうに話が流れそうになったので、信吾は話題を切り替えねばならなかった。波乃の耳にも届いているはずだからである。

「おなじことでしてね。人には身分や役職、屋敷の構え、世間的な名声、評判などがあります。ちいさなところでは帯に着物に履物、凝りに凝った莨入《タバコい》れや根付、話し方なんかに気を取られ、どうしてもその人が見えにくくなってしまいます。ですから、そんなものをなにからなにまで取り払えばいいのです。表情や目付き、声の調子なんかも、ともかくその人に関するものを一切合財、剝ぎ取ってしまうのです」

「言うは易《やす》しだが」

「おこなうは難し、です。しかし、できないとしても、それを常に心の片隅に置いているのと、そうでないのとでは雲泥の差、天と地ほどの開きがありまして」

「やはりなあ。まだお若えのに、相談に人が押し掛けるはずだ」

常吉ふうに、「そうじゃないってば」と言いたかった。夕七は意外と鋭いところを衝《つ》いて来るのに、明らかにわかりそうな信吾の見栄《みえ》を信じるのだから、どうにも調子が狂ってしまうのである。

「それはともかくとして、言葉に力があることは、身の廻りのちょっとしたことでもわかるではありませんか」

「ちょっとしたことぉ」

「吉原は、初めは葦原《あしはら》と呼ばれていたんですね」

夕七は、一体なにを言い出すのだという顔になった。

「お待たせいたしました」

燗の付いた銚子を盆に載せて、波乃が姿を現した。

「随分と話が弾んで、楽しそうですね」

「丁度いいところに来た。言葉に力があるかどうかについての話に、入るところだったんだ」

「なんでも吉原の話らしいがね。しかし信吾さん、奥さんのめえで悪所の話なんぞしてもええのかね」

「夕七さんは、ご自分の都合のいいほうへと話を持って行こうとするけれど、わたしは北国《ほっこく》のことなど知りませんよ」

「吉原のまたの名が北国だ、と知ってるくれえだ。知りませんよとは言わせませんぜ」

「そんなことではなくて、吉原がどうして初めは葦原と呼ばれていたか、ってことだったでしょ」

「ん、だったけなあ」

惚《とぼ》けた夕七に苦笑しながら、信吾は話し始めた。

四

のちに神君とか権現さまと呼ばれることになった徳川家康は、天正十八（一五九〇）年八月朔日《ついたち》、つまり八朔《はっさく》の日に江戸城に入ると、直ちに城廓と武家屋敷、町人のための町造りを開始した。江戸前の湾に面した低湿地には至る所に葦が繁《しげ》っていたが、次々と埋め立てられて町屋となっていった。

活気に溢《あふ》れた江戸の町には各地から大工や左官らの職人が集まり、かれらを目当ての食べ物や着る物を扱う商人も見世を出す。出稼ぎの男がほとんどなので、その欲望を満たすために春を鬻《ひさ》ぐ女たちも自然と集まって来た。

勝手に仕事をされては風紀が乱れるとの理由で、御公儀《おかみ》は女たちを一箇所に集めることになった。埋め立てた葦の原の周囲を塀で囲み、出入りは大門《おおもん》一箇所としたのである。

「人形町《にんぎょうちょう》通りの一本東の通りは、今でも大門通りと呼ぶ人がいるが、昔の吉原の大門があった名残りだね」

江戸の町が整うにつれて、御公儀にとって吉原の存在が煩わしくなった。江戸城の東には大大名たちの上屋敷が並ぶが、さらにその東、繁華になった日本橋や神田、両国など町人の町の近くに遊廓があるのは好ましくない。

ということで吉原は明暦二（一六五六）年十二月に、浅草寺の北側の田圃《たんぼ》に移されることが決まった。実際には翌年正月のいわゆる「明暦の大火」で江戸の大半が灰燼《かいじん》に帰したため、新しい遊廓ができたのは三年の八月になってからである。

新しい吉原なので新吉原と呼ぶことになったが、そのうち単に吉原と呼ぶようになっていた。

「いけない。わかりやすい例として出したつもりが、つい長くなってしまった。つまり葦の原の葦原がなぜ吉原になったたか、なんだけどね」

「そりゃ、アタリメでしょうが」

「そのとおり。さすが夕七さんだ」

「あらま、大変」

波乃は意味が解《わか》らなかったようで、夕七が少しうれしそうな顔をした。

「江戸っ子は験《げん》を担ぐからね」

信吾は夕七の盃に酒を注《つ》ぎながら、波乃に説明した。

商人が鉄という字を名前や屋号に使わないのは、そのものずばり「金を失う」に通じるからだ。金を稼ぎ貯めることに情熱を注ぐ商人にとって、これほど忌まわしい文字はないだろう。そのため使わなければならないときは、字画が多くて書《か》き辛《づら》くても鐵とか鐵を当てた。

「あッ、夕七さんがなぜアタリメと言ったかわかりました」と、波乃がうれしそうな声を出した。「スルメのスルは擦るとか失うに通じるので使わず、逆の意味のアタルを使ってスルメをアタリメと言うのですね。葦は悪《あ》しに通じるので験が悪いけれど、ヨシとも読む。だったらヨシと読んで吉の字を当てるようにしようと、それで吉原になったのではないかしら」

「なかなか、いい勘してるね」

「それにしても妙なこってはありませんか。擂鉢《すりばち》をアタリ鉢と言うなんざ、どうかと思いやすがね。髭《ひげ》を剃《そ》るを、髭をアタルと言い換えるんだから呆れてしまう。だったら頭を剃って詫びを入れるのは、頭をアタッて詫びを入れるとしなくちゃなんねえ」

「それでは変なので、頭を丸めて詫びを入れると言い換えるんですかね」

極端なのが忌み言葉で、祝い事、特に婚礼で祝いを述べる場合は注意しなければならない。別れる、切れる、去る、離れる、破る、落ちる、欠ける、最後などは典型的な禁句である。

「だから少しでもまずい言葉は使わないし、使うときには言い換えなければならないのです。終わるを、お開きになると言う。去年には去るという字が入っているので、昨年と言い換えるのです」

「大変ですね。あたしなんか、うっかり使ってしまいそう」

「しまいそう、なんてもんじゃない。波乃は大事なお見合いの席で、堂々と使ったじゃないか」

「えッ」と、波乃は顔を強張《こわば》らせた。「まさかそんな。あたしが、ですか」

「ほかにだれがいるのだい」

宮戸屋と春秋堂の家族で食事会を開いたが、実質的には信吾と波乃の見合いの席であった。そのとき波乃は、自分の両親善次郎とヨネへの反発から、弾みもあったのだろうが、信吾に「こんなあたしでもお嫁さんにしていただけますか」と訊いたのである。

女から言い出すなんてとんでもないと、波乃の両親はもちろん姉の花江も天を仰いだ。

これで話は潰れたと思ったからだ。

ところが信吾は、もちろんんだと答えた。

「したことや喋ったことが抜け落ちてしまう男のところに、波乃さんのほかに嫁の来手なんてありませんからね」

それを聞くなり波乃は、両親と姉に胸を張って告げたのだ。

「こんな、言いたい放題の自分勝手な娘なんて、信吾さんのほかにもらってくれる訳がありません。まともでない男には、まともでない女しかあわないのですよ」

自分のことを「まともでない女」と言ったのは、べつに問題にはならない。ところが夫になるかもしれない男を、その家族をまえにして「まともでない男」と言ってしまったのだ。

禁句なんて生易しいものではなく、致命的な失言である。波乃の両親は、いくらなんでも今度こそ完全に話は壊れたと顔色を喪《うしな》った。

危機一髪の窮地を救ったというか、逆転させたのは信吾の祖母の咲江《さきえ》である。

「鉦《かね》や太鼓を叩いて探したって、これほど似合いの夫婦は見付かりっこありませんよ。これを世間では破鍋《われなべ》に綴蓋《とじぶた》と言うのです」

事情が事情ということもあったが、言葉にはその使いどころと使いどきがあるらしい。咲江の宣言が、事態を無条件にというほど見事に納めてしまったのである。

見れば波乃が真っ赤になっている。いや、色が白いので明るい桃色になり、首から上に血が昇ったのか顔全体がボーッと輝いていた。

「どうしたんだ。なんだか恥ずかしそうだけど」

「恥ずかしそう、なんてもんじゃありませんよ。あたし、すっかり忘れていました」

「忘れていたって、自分の言ったことを、じゃないだろうね」

「あたしが、本当にそんなひどいことを言ったんですか」

「ひどいことって」

「まともでない男には、まともでない女しかあわないのですよ、なんて」

「言ったんだよ。名台詞《めいぜりふ》だと感心した」

「本当に言ったなんて、とても信じられません」

「したことや喋ったことが抜け落ちてしまうのは、わたしの病気のはずだったけれど、もしかして」

「あたし、憶《おぼ》えてないんです」

見れば紅潮していた顔が、いつの間にか蒼褪《あおざ》めている。

「どうやら、冗談じゃないみたいだね」

「こんなことで冗談を言える訳がないでしょう。だけど、信吾さんが嘘《うそ》を吐くはずがありませんから」

「わたしといっしょになりたいという思いが強すぎて、考えられぬほど気が昂《たかぶ》っていたからだろうか。そうとしか考えられないね」

「それにしたって、信吾さんのことをまともでない男だなんて言ってしまったのに、よくもご両親はあたしを嫁にしてくれましたね」

「両親《ふたおや》は関係ないよ。いや、まるっきり関係ないとは言えないけれど、波乃の婿になるのはわたしなんだからね。そのわたしのことを、まともでない男だなんて、正直に言える女の人はほかにいやしない。まともでない男と言ったので、わたしはこの女《ひと》といっしょになろうと思ったのだと思う。ああ、そうなんだ。そうだった。今それが、はっきりとわかったよ」

「どうも、ご馳走《つっお》さんでやした」

信吾と波乃は思わず顔を見あわせた。

「いけない、波乃。今の話、夕七さんにすっかり聞かれてしまったよ」

「なにを言うとるだね、信吾さん。呆れたもんだ。いってえあんたは、だれと、なんの話をしてたかね」

信吾はなにも言うことができず、盃を手にすると一息で飲み干した。それでも火照りが治まらないので、さらに手酌で注いで呷《あお》った。

呷りながら、脇道か横道、どうやら路地か迷路に入りこんでしまったことに気付いた。いつ、そうなってしまったのだろう。

昼間、将棋会所で夕七がお邪魔してもいいですかと訊いたので、そのうちにとのことだろうと思って、かまわないと言ったのだ。ところが夕七は、早速その晩に、しかも一升徳利を提げてやって来たのである。

そして語ったことは、言葉、言葉の力、さらには言葉が人に影響を与え、支配することがあるだろうか、ということに関してであった。

そうなのだ。夕七との話が楽しいので、次から次へと逸《そ》れ続けてしまったのである。ようやく本道にもどれるということだ。

波乃の頰も、なんとか普段の色に近くなっていた。夕七の顔は赤いが、真っ赤という訳ではなかった。

では、自分はどうだろうか。それほど飲んではいないが、量の割にはいつもより酔いが廻っているようであった。とは言っても判断力が弱まるほどの酔いではない。

「言葉は力を持つか。持つとすればどれほどのものなのか、ということでしたね」

「持つとしか思えねえ」

きっぱりと夕七が言った。

「はい。持つとしか思えませんね」

信吾はすなおに受《う》け容《い》れた。

「力を持っていますよ、言葉は」と、波乃が言った。「それもかなり、いえ、とても強いと思います」

「えらくきっぱりと言い切ったね。なにか確信があるみたいだけど」

「信吾さんをまともでない男と言ったことは、すっかり忘れてました。だけど、祖母《おばあ》さまがあたしたちのことを破鍋《われなべ》に綴蓋《とじぶた》とおっしゃったことは、はっきり憶えています。あのときあたしの頭には、あたしたちは破鍋に綴蓋なんだということが、しっかりと刻みこまれたのです。まちがいじゃなかったんだ。あたしが信吾さんを選んだことは正しかったんだとわかって、あれほどうれしかったことはありませんでした」

ゲホゲホと、噎《む》せるような咽喉音《のどおと》を出したのは夕七である。

「本膳はてえへんなご馳走だと思ったけんど、二の膳も負けず劣らずのご馳走で、いやはや堪能できやしたよ」

「あら、いけない。また、夕七さんに聞かれてしまいましたね」

普段の波乃からは考えられないが、信吾をまともでない男と言ったことが頭の中で渦を巻いていて、冷静さを欠いていたにちがいない。それを聞いて夕七は肩を、いや全身を震わせて笑った。

「よう言《ゆ》うよってとこだけんど、あんた方は、信吾さんと波乃さんは、いってえどういう夫婦《みようと》だね。それにしても、これだけあっけらかんとしとると、腹も立たんし、却《かえ》って清々《すがすが》しい気持になるから妙だ」

信吾は夕七が頻《しき》りと口にする言葉、それこそ「妙な」気分を味わっていた。

信吾は波乃のことをあっけらかんそのものだと言ったし、波乃からもあっけらかんとしていると言われたことがあった。しかし挨拶を交わすくらいで、話らしい話は今日が初めてという夕七から言われたのである。自分たちがあっけらかんとしていると言われるなどとは、信吾は思ってもいなかった。

「破鍋に綴蓋は言い得て妙だ。信吾さんの祖母さまが言うたそうだが、二人を見とると、そうとしか言いようがねえもんなあ。破鍋に綴蓋って言い方は、あんまりええ意味で使われるこってねえけんど、二人を見とると、これ以上ないほどええ意味に思えてきたから」

「妙だ」

信吾と波乃が声をそろえて言ったので、夕七は肩を揺らせて笑った。

「妙だ、妙だ。妙としか言いようがねえほど、妙だ」

こうなると飲むしかない、という訳でもないのだが、信吾は三つの盃に酒を満たした。もっとも波乃の盃は、少しも減ってはいなかったが。

盃を取って二人にうなずき、信吾は口に含んだ。夕七もそうした。波乃はほんの少しだけ口に含んだ。

随分とゆったりとした、心地よい雰囲気になっている、と信吾は思った。

「となりますと、そろそろ夕七さん、真打の出番ですよ」

「えッ、なんのことだね」

「言葉には命があって、それが人の考えやおこないに、並大抵ではない力を及ぼすことがあるということですよ。夕七さんはそのことを話したくて、でなければ知りたくて、お見えになったのでしょう」

そのことなんだよと飛び付いてくると思ったが、そうではなかった。夕七は顎を撫《な》で始めた。もともと毛深いのだろう、薄《うっす》らと、いやかなり濃く鬚《ひげ》が伸びている。

「初めのころに出た話でやんすがね」

長かったと言えば長かったし、案外と早かったと言っても納得できるほどの間で夕七が言った。ところが信吾は、つい口にしてしまったのである。

「言葉が人の考えを支配するとか、おこないに影響を及ぼす、ということですね」

言った瞬間に信吾は後悔した。夕七が話そうとした、その出鼻を挫《くじ》いたとわかったからである。案の定、夕七は口を噤《つぐ》んでしまった。

思わず波乃の顔を見たが、特に気にしているふうでもない。信吾は微妙な遣り取りに、神経質になりすぎたのかなとも思った。チラリと夕七の横顔に目を遣ったが、表情からはなにも汲《く》み取れなかった。

五

「数字なんだけどな」

夕七がそう口にしたとき、信吾は正直なところほッとした。だが、それだけでは訳がわからない。

「数字と申されますと」

「数だな。もっとも数と言うてもやたらとあるんで、一から十にかぎるとすべか。そん中で、ええ数はなんだと思うね。お二人さん」

「いい数となると、やはり八かしら」

波乃の言葉に夕七はおおきくうなずいた。

「末広がりだもんな。縁起がええ。ほかには」

夕七はうながすように信吾を見た。

「一ですかね。物事の始まりだし、一番優れている人を第一人者と言います。一石二鳥とか、一番乗り、一番星なんてのもある」

「一姫二太郎がいいと言われました」

「波乃さんは、やはり一姫二太郎といきたいかね。子を持つには、最初は育てやすい女の子、二番目は男の子がええっちゅうもんな」

「元気に生まれてくれたら、男の子でも女の子でもいいと思いますけど」

「ちゅうことは、もう胎《はら》に子がいるのかね」

「厭《いや》ですよ、夕七さん。親はだれだって、元気に生まれてさえくれればと思うのではありませんか」

「そりゃそうだ。ほれに新所帯をもってひと月ほどでは、胎に子を宿したかどうか、わかる訳ねえもんな」

ハハハハハと、夕七は愉快でならぬというふうに笑った。

「からかわれたんだよ、波乃」

ひとしきり笑うと、夕七は真顔にもどって訊いた。

「十はどうだね、信吾さん」

「いいですね。すべてがそろっているとか、満たされているということですから。少しも欠けたところのないのを、十全と言いますでしょう。もっとも十悪なんて言葉もありますけれど」

「ジュウアク。なんだそりゃ。ジュウヤク、ジュウヤクならドクダミのこっだがな、十の病に効能がある薬なのでジュウヤクと言う、と聞いたことがあるが」

「十悪は人が犯す十の悪、つまり悪いことだそうです」

「妙なことを知っとるのう、席亭さん、ではのうて信吾さんは」

「子供のときから、しょっちゅう檀那寺《だんなでら》に遊びに行ってましてね。今でも月に二、三回は行きますが、わたしがおもしろがるので、和尚さんがいろいろと教えてくれるのですよ」

信吾は巌哲《がんてつ》和尚に棒術、体術、さらには剣術の指導を、勝負形式で受けていた。ほかにも鎖双棍に関しては、行くたびに新たな術を教えてもらっている。ヌウチクともヌンチャクとも言われる双節棍《そうせつこん》を改良した鎖双棍は、刀、鎗《やり》、薙刀《なぎなた》、鎖鎌、弓矢など敵手《あいて》の武器に応じて、かぎりないと言っていいほどの攻防の術《すべ》があった。技を修得するたびに、その護身具の奥の深さに驚嘆させられるのである。

そのあとで茶を喫しながら巌哲はなにかと教えてくれるが、それが信吾にとっては楽しかった。楽しいだけでなく、相談屋を始めてからは仕事でなにかと役に立っていたのだ。

十悪も巌哲和尚に教えられた。

仏教で、身《しん》、口《く》、意の三業《さんごう》、体と口そして思いや考え、つまり人の心身のことだが、人が犯す十の罪悪を十悪と称すそうだ。殺生、偸盗《ちゆうとう》、邪淫、妄語、両舌、悪口《あつく》、綺語《きご》、貪欲《とんよく》、瞋恚《しんい》、邪見である。

「なんだか、十も悪いことを並べられると、人ってつくづく悪い生き物に思えるわ。その反対はないのかしら」

「善悪と言うくらいだから、悪があれば善もある。十悪の反対は十善」

「悪と善がそろや、帳消しってこった」

「なぜかほッとしますね。その十の善いことってどのような」

「それが笑えるんだ。いや、わたしは和尚さんに教えられて笑ってしまったけど、まるで子供騙しでね。笑うしかないよ」

とそこで信吾は黙ったまま、二人を交互に見た。

「悪いおこないが十で十悪なら、十善は善いおこないが十ってことになるけんど」と、夕七は首を捻った。「最初が殺生で、殺すことだけん、その反対ちゅうと生かすことだべ。と言うても、なにをどう生かしゃええのか、見当もつかんがね。次の偸盗は盗むこっだから、与えるってことになるのかな。これも、だれに、なにを、いつ、どういうふうに、どれだけ与えるか、だけんど」

自分の言っていることが答えになっていないことを、夕七本人も感じているようだ。

信吾は視線を波乃に移した。

「笑えるとか、子供騙しだなんて言われたから、あたしは却ってわかんなくなってしまいました」

「お手上げですか、お二人とも」

「まいりました。だって、取っ掛かりがないのですもの」

「極めて簡単、簡単も簡単、まさに簡単極まりないのですよ。十善とは、十悪を犯さないこと」

夕七と波乃は思わずというふうに見あわせ、まさかという顔になった。

「それだけかね」

「たったそれだけです。だからって馬鹿にしてはいけません。それが偉い人の教えなのですから」

「十悪をしないのが十善か。見事に裏をかかれたな」と、夕七は少し考えてから言った。

「ほんじゃ、いい数字を出してもろうたから、よくねえ数字、悪い数字を挙げてもらいやすか」

「やはり四と九でしょう」

信吾がそう言うと波乃が相鎚を打った。

「四は死に、九は苦に通じますものね」

「四面楚歌《しめんそか》なんてのもある。周りは敵ばっかりだと、気が滅入るものね」

「八と一、それに十が良うて、四と九が悪いか。これで半分だな。ほんじゃ、残りを順に見てゆくとすべか」

「降参すべ」

「残りとなると二、三、五、六、七ですか。良くも悪くもない、どれも中途半端な感じがします」

「二はどうだね」

「どう頑張っても、やはり一には勝てませんものね。二番手とか二番煎じなんて、強烈さも新鮮さもありませんから。二の足を踏むとか二枚舌なんかも悪い印象だし。となると、どっち付かずと言うより、悪いほうに入るんじゃないですか」

「残り物《もん》はどれもこれも中途半端か。残り物に福があると言うぞ。だったら七はどうだ」

「七は」と言ってから、すぐに信吾は気が付いた。「夕七さんのお名前にあるくらいだから、良い数にまちがいないけど」

「あら、本当だ」と波乃は言ったが、べつのことに気持がいったようである。「七と言えば、やはりお七夜とか七五三とかですね」

少し間を置いて、夕七はいたずらっぽく笑った。

「波乃さんは、どうしても子供絡みに目がいくようだな。両方とも子供のお祝いってことは、やっぱり胎に赤さんがおるんでねえの」

「ですから、まだですよ」

「ってことは、信吾さん」

「なんでしょう」

「まだですって言うからには、波乃さんは赤さんがほしくてならねえみてえだ。亭主として、ちゃんと応えてやらねばなるまいぞ」

またしても夕七は、新所帯のほうに話を持っていこうとしているのだろうか。それとも酔いが廻ってきたので、若い夫婦をからかいたくなったのかもしれない。

「ところで、一から十までについていろいろと訊かれましたけれど、夕七さんが一番好きな、あるいは気に掛かる数字はどれでしょう」

「と言われてもなんだが」

夕七は考えこんだ。あるいは、その振りをしただけかもしれない。

「敢《あ》えて言えば七だろうか。好きっつうより気に掛かる言葉、うんにゃ数なんだがな」

敢えて言えばとのことだが、ついさっき出したばかりだし、自分が夕七なので気に掛からない訳がないのだ。

「と、申されますと」

当然、自分の名前に関することだろうと思ったので、信吾は期待して夕七を見た。波乃もおなじ思いでいるようだ。

「近ごろはとんと縁遠くなったけんど、昔はえろう世話になったもんでな」

であれば質屋だろうが、信吾は気付かぬ振りをした。なんだかはぐらかされたようなというか、夕七は話す気でいたのに、二人が真剣な目を向けたので、話しにくくなったのかもしれなかった。であればそのうちに話すだろうから、信吾は急かさず自然な流れに任せることにした。

どう考えても、本当に話したいことが質屋のことだとは思えないのである。取り敢えずは質屋の話をしながら、機会を見て本題に入ろうとしているのではないだろうか。

「七に世話になったと言われると、もしかしてお七さんとおっしゃる女の方といろいろあって、どうしても忘れられないとか」

「馬鹿こくでねえ。相談屋なら当然わかると思うとったが、お七さんとおっしゃる女の方ときたか。そげな色っぽい話ではありゃせんよ。おぬし、まだまだ若いのう」

「と決め付けられると、なにも言えなくなってしまいます」

「七と言やあ質屋だよ。と言うたって、ぬくぬくと生きて来たお二人には、わかんねえだろうがな」

「いえ、知っています」

夕七のからかい気味の話し方にムキになったのかもしれない、信吾と波乃の声はそろっていた。

「知ってるかどうかを訊いたのではねえっつうの。質屋のことぐれえ、子供だって知っとるわい」

「だったら、なにが」

「質屋のことは知っとっても、どげなもんかは知らんでっしょうが」

「品物を預けてお金を借り、利子を払えば延ばしてもらえますが、期限が切れたら質種《しちぐさ》は流されますすね」

「ほう。ひと通りのことはご存じのようだ。ほんじゃ訊きやすが、信吾さん。質屋にとっての上客、つまりお得意さんちゅう訳だが、どげな客だかおわかりですけえ」

言われて信吾は詰まってしまった。耳学問というか、あちこちで聞いたことを組み立てた知識だけでは、即答できる訳がないのだ。

「わかりません」と、正直に答えるしかなかった。それにしても、本とか耳学問に頼るのが、相談屋の信吾としては最大の弱点だと痛感した。

となると質屋に通うか、でなければ質屋のあるじと親しくなって、教えてもらうべきだろう。だが、どうすれば親しくなれるだろうか。質屋の主人が相談に来ればいいが、商人《あきんど》の中でも取り分けて強《したた》かな連中が、相談屋を頼ることなど考えも及ばなかった。

「ええ品、上等な品、高い品を預けながら流してしまう客が上客ではねえんです」

「えッ、まさか」

「ほれ、驚かれたでっしょうが。その辺が信吾さんの一番の弱み、泣きどころみてえですなあ」

自分が感じたことを、夕七に指摘されてしまった。

「夕七さんには、とてもではないが勝てません。勝てるとしたら将棋だけでしょうね」

「そう、遜《へりくだ》りなさんな。正直言うと、あっしゃ、なに一つとして信吾さんに勝てやしませんから。うんにゃ、ねえこともねえか」

「えッ、なんでしょう」

「信吾さんに勝てるのは、あっしのほうが若《わこ》うて男前ってことだ」

波乃は目を真ん丸にしたが、噴き出しはしなかった。いや、噴き出すのを忘れるほど、呆れてしまったのだろう。

「冗談にしてもひどすぎませんか」

「べつに、笑わそうと思うた訳ではなかったんだが」

六

「ところで夕七さん、質屋の上客の件がまだでしたよ。高い品を預けて流してしまうのは、上客ではないのでしょう」

「さすが相談屋さんですな。本筋を逃さぬところは、てえしたもんだ」と言ってから、夕七は真顔になった。「あまりのらりくらりやっとると、おだやかで人のええ信吾さんも、しまいにゃ怒り出しそうだな。しかしそれについてなら、今おっしゃった信吾さんの言葉で、答は出たも同然なんでやすがね」

「高い品を預けて流す人じゃなく」

「そう。預けたもんを流しちゃなんねえと、冷や冷やしながら、利子を払い続ける客でさ」

「しかし、そういう利子はわずかだから、高価な品を処分したほうが遥かに」

「理屈ではそうかもしんねえが、ことほどさように簡単ではねえのよ。ほんなら訊くが、流れた品をどうするね」

「質流れ品として売れば、品が良くて安いのだから、買い手はいくらでもいるのではないですか」

「ええとこのボンボンの考えるこったな。売るとすりゃ、自分の店で、つまりその質屋で売るのかね」

「それが手っ取り早いと思いますが」

「質入れはしたが利子が払えずに流された、元は自分の品だったもんだぞ。売れるまで人目に曝《さら》されるし、そこを通るたんびに厭でも目にすることになるのだからな」

「辛いですね」

そう言ったのは波乃である。信吾も夕七の話の途中でそれに気付き、自分が考えていたほど単純でないのを感じていた。

「恨まれます。それもひどく」

「そういうこったな。質種を取って金を貸すとき、買い値の半分を貸してくれることなんざ、まんずねえのよ。良うて三割か二割、一割、いやそれ以下しか貸さねえ質屋も多い。質流れの品が、自分が借りた金よりもずっと高く売られてりゃ、だれだって恨まずにいられねえ。そうでなくても質屋は恨まれるからな。借りるときには頭をさげて恩人のように言うのに、利子を払うときには鬼か蛇みたいに思うもんだ。それが借りた側の言い分ってもんだよ」

「たまりませんね。辛いとか恨むなんていう、生易《なまやさ》しいものではなくなりますもの」

「だもんで質屋の蔵では、流されたか、流されるかもしんねえ質種の恨み辛みが、渦を巻いておると言うな。気味《きび》悪うて、気の弱いやつぁ一人で入れんそうだ。番頭か手代が気を喪うことがあったんで、蔵にはかならず二人で入れと言い伝えとる質屋もあるらしい」

　波乃が顔を強張らせて、両手で肩を抱くようにした。

「となりゃ、自分の見世で売る訳にゃいかねえ。ほかの質屋か、質流れ品を扱う業者に捌《さば》くのだがな、敵も然《さ》る者、足許《あしもと》を見て買い叩こうとする。それを少しでも高く売り付けるのは、簡単なことではねえさ」

「となると、どうして厄介ですね」

「その点、流すまいとして死に物狂いで働いて、わずかな利子を毎月払い続ける客が、どれほどありがてえことか。と言うて、一人二人じゃ話にもならんがな」

「塵《ちり》も積もれば山となる、ですか」

「てこった。たとえわずかな利子であろうとも、かならず払ってくれる人がわんさかいりゃ当てにできるし、決まった利子が得られるからよ。商売《あきない》の秘訣《ひけつ》は、案外とそういうもんかもしんねえな。その点、品を流すような客は、とてもじゃねえが上客とは言えんのだ。それに、次々と按配《あんばい》よく流してくれる訳ではねえからな。つまり、こういうことなのよ」

そう前置きしてから夕七は続けた。

一両は四千五百文とされていたが、現今の換算では六千五百文だから十両は六万五千文になる。

十両盗めば首が飛ぶので、利口なやつはそういう馬鹿なことはしない。一度に一人あるいは一箇所から十両盗むから、捕まれば首を刎《は》ねられる。頭がいいやつは、六万五千人から一文ずつ掠《かす》め取《と》ることを企《たくら》むのだ。

手に入る金はおなじだが、首が飛ぶことはない。いや、一文を掠め取られても、ほとんどの者は気付きもしないのである。

「質屋はな、それとおんなじようなことをやっとるのよ」

なんの仕事でもそうだが、その内幕となると、外から見たのとはまるでちがう様相を呈しているらしい。それにしても、なぜそこまで知っているのだろうか。

「夕七さんは昔、質屋をやってたんじゃないですか」

「なんでだね」

「だって、あまりにも詳しすぎますもの」

「馬鹿こくでねえ。だから言うたでねえか、昔は世話になったもんだと。冬物を質入れして春物を請け出し、ほどのう春物を入れて夏物を出す。春夏秋冬それを繰り返しとったからな、厭でも仕組みがわかるようになったって訳だあな」

どのような手蔓《てづる》でかは知らないが、今戸の窯元に婿養子として潜りこんで、貧困の桎《しっ》梏《こく》から逃れられたということなのだろうか。いけない。またしても禁断の穿鑿をやってしまった。

それにしても、夕七はどこの生まれでどういう育ちをしたのだろうと、信吾にはそれがふしぎでならない。

特定できないのは、あちこちを渡り歩いたからだと思っていた。しかし、出自を隠すため、各地の言葉や訛りを織り交ぜてわざとわからなくしているのではないか、とそんな気さえするのであった。

それに転々としていても、土台となるものはあるはずだ。いや、あって当然だろう。なのに言葉や訛りになんの規則らしいものもなく、ただごった煮になっているとしか思えないのである。

「ところで、夕七さん」

「なんだね、改まって」

ごく自然に切り出したつもりだが、夕七は信吾の緊張を感じ取ったらしかった。

「言葉に霊力があるとすると、周り、ということは人々とか、あるいは決まった人になりますね。周りの人に影響を及ぼすことがあるのではないか、そのようなことを言われたでしょう。お見えになって間もなくの、言霊が話に上ったときでしたが」

「言ったっけ。そんなこと言ったかな。うーん、言ったかもしんねえが」

「おっしゃったんですよ、わたしははっきりと憶えていますが」

信吾が目に力を籠めて見入ると、夕七は返辞をせずにごくりと唾を呑《の》みこんだ。音が聞こえた、そんな気がしたほどである。

核心に迫っていると信吾は自信を強めた。七はどうだと夕七は訊いたし、ほどなく気にかかる数は七だと本人が言ったのである。

「うまく言えませんが、七という数字がやたらと夕七さんに絡まってくる、というか、なんかそんな妙な状態になっているのではないですか」

夕七がふーッとおおきな息を洩《も》らした。

しかし身動きもせずに、視線をピタリと信吾の目に密着させている。目の奥を覗《のぞ》きこむようなその目が黒くないことに、信吾は初めて気が付いた。といって灰色っぽいとか、なんとなく薄いというのではない。瞳が意外なほど、明るい茶色をしていたのである。

将棋会所「駒形」では気付かなかった、新しい発見であった。

「と言うからには、なんか理由っつうか、そう言えるもんがあると思うがな」

「ありません」

「なんと」

「ないのです。もしあるとすれば勘でしょうか。これまで相談屋を続けて来まして、いろんな人、ほんとにたくさんのお方と、話したり、ごまかしあったり、事実をぶつけたり、腹を探りあったり、そういうことをやってきたのです。ですからね、ときにではありますが、勘が働くというか、なにかがはっきりと見えるときがあるのです。今、それが見えました」

ハッタリだ。なにも見えてなどいない。だが賭けてみた。こういう男とは、肝腎なところで駆け引きをし、しかも優位に立たなければならないのである。

瞬きもせずに互いの瞳に見入った。

時間が経《た》つにつれて、自信が次第に揺らぎ始めた。しっかりと両脚を支えていた強固な地面が、硬度を喪っていくのが感じられた。夕七の目の光が強くなり、ついには刺すほどになった。

すみません、言いすぎましたと謝ろうとしたそのときである。夕七の目の光、力というものが一瞬にしてやわらかくやさしくなった。

「さすが相談屋さんだ。押さえるところは押さえとりますな」

ほーッ。

それまでで一番おおきな溜息を吐いたのは、夕七ではなくて信吾であった。

「見抜かれとったんでしたら、仕方おへん」

言葉だけでなく話し方まで、生粋かどうかまでは信吾にはわからないが、京ふうになったのは驚きだった。しかしなにがきっかけで豹変《ひょうへん》するか知れないので、油断はならないと思うと同時に調子が変わった。

「なんでかしらんがのう、そやつはいつの間にか、心のどっかに胡坐《あぐら》をかいてしもうたらしいんじゃ。大抵はおとなしゅう居眠りしとるのに、急に飛び跳ねたり、叫んだりすることがある。あっしが首を振ったり溜息を吐いたりするのを見て、席亭さんが声を掛けてくれたんは、どうやらそういうときだったらしい」

「そうでしたか。ところで、いつから」

「気が付いたら、そいつが居付いておってな」

「数の七が、ですね」

「シーッ」と、夕七は唇に人差し指を押し当てた。「おっきな声で言うでねえよ、聞かれたらどうするね」

冗談かと思ったが夕七の目は真剣であった。

「聞かれるって、まさか七にですか。人ではないのですよ。ただの言葉じゃないですか」

「ただの言葉ぁ。ただの言葉たあ、なんたる言い種《いぐさ》だね。言葉は言霊と言って、摩訶不思議な力を宿しておると、信吾さん、そう言うたでねえか」

ぐうの音も出ない。

だとしても、このままで引きさがる訳にはいかなかった。なぜ七という数字が、夕七の心の裡に居付いてしまい、それだけでなく心や行動に影響を与えるのか。いや、支配するようになったと言ってもいいだろうが、それを解き明かさなくてはならないのだ。

「七との関わりを、なぜそうなったと思われるのかを、話していただけませんか」

「とんでもねえことを言いやがる」

言葉の割には顔がおだやかなので、信吾はもう一歩踏み込んだ。

「まず大抵の者にはわかるはずがないが、それがわかるとしたら信吾だけだろうな。そう思って、つまりわたしを信じてというのが言いすぎなら、ちょいと試してみるかと思われたのでしょう。だったら試してくださいよ」

ムグッと夕七の咽喉が音を立てた。

当然だが本人には聞こえたはずだ。そして信吾が聞き、波乃も聞いた。

夕七の咽喉がもう一度、ムグッと音を立てた。

やがて夕七は、行灯《あんどん》が仄《ほの》かな灯影《ほかげ》を投げ掛ける壁と天井の境辺りに目を遣ったまま、静かに話し始めた。

「信じていただくしかねえんでやすが、いつごろからかとか、最初はどうだったかとか、どういうきっかけで気付いたかとか、なに一つとして憶えちゃおりませんでね。気が付いたらそうなっておったんですよ」

七

「七色唐辛子売りをご存じでしょうな」

夕七はいきなりそう切り出した。

「そりゃ、派手な恰好《かっこう》と、独特の売り声ですから。内藤新宿《ないとうしんじゅく》の『八ツ房』の売り子さんの姿は、浅草でもしょっちゅう見掛けますし」

信吾がそう言うと、波乃が売り声を口ずさみ始めた。

「とんとん唐辛子、ヒリリと辛いは山椒《さんしょ》の粉《こ》、スハスハ辛いは胡椒《こしょう》の粉、罌粟《けし》の粉、胡《ご》麻《ま》の粉、陳皮《ちんぴ》の粉、とんとん唐辛子」

すぐに出てくるのは、売り声の調子がいいので憶えやすいからだろう。

「そんだ、その売り声と、売り子の背負《しょ》ったでっけえ唐辛子」

夕七はそう言ったが、まさにそれが唐辛子売りの特徴であった。

身装《みなり》はいろいろあるが、どの売り子も六尺（約一八〇センチメートル）ほどもある張り子の、真っ赤な唐辛子を斜めに背負っている。着物も赤が多かった。筒袖の着物に鯉《こい》口《ぐち》の袢纏《はんてん》と腹掛《はらがけ》、赤手拭を頭に捲《ま》いて股引《ももひき》も赤いという赤ずくめである。

売り子は背負った大唐辛子に唐辛子粉の小袋を入れ、声が掛かると取り出して売る。

「でっけえ張り子の唐辛子と、小気味のええ売り声、真っ赤な身装を見るなり、七という字が頭ん中一杯《いっぺえ》に拡《ひろ》がりやしてね。それ以来、見ても聞いても、ちゅうか、七という字が、目と耳に飛びこんでくるようになったんでさ。いや、それまでにも妙に目に付き耳に付きで、気にはなっとったんだが、七色唐辛子売りが火を点《つ》けたとしか思えねえ」

例えば繁華な町の人混みを歩いていると、看板の「七宝」とか「七瀬屋」とか、七が付いている字が向こうから目に飛びこんでくる。話し声の「七日」とか「七福神」「七回忌」など、七に関係がある言葉は、小声で話していても自然と耳に入るのだ。いや声が耳に押し入るのであった。

たという計算していたということだろうか。

「もしや、と思うたのは」

夕七はそう言ってから信吾と波乃を見たが、黙ったままである。こちらが知りたくてたまらないのをわかっていながら焦《じ》らしているのだとすれば、話の進め方を計算していたということだろうか。

まるで町内の連中がやる茶番の素人芝居ではないか、と皮肉ろうかとの信吾の思いに勘付いたかのように夕七が言った。

「こんなふうに数に縛られたようになるんは、あっしの生まれのせいじゃねえかと生まれのせいと言われてギクリとなった。どこかのお大名の落とし胤《だね》とか、歌舞伎役者が素人娘を孕《はら》ませた子、などと言い出すのでないかと思ったからである。

「と申されますと」

声が上擦ってしまった。

「あっしはね、信吾さん。七月七日の七ツに生まれたんでさ。それも夜中の、というか朝に近い七ツではのうて、昼の七ツでしてね」

「あッ、それでご両親は夕七さんと名付けられたんですね」

夕七は昼の七ツと言ったが、昼とは言っても夕刻に近い。

「うんにゃ、七月七日だもんで七夕《たなばた》と付けようと思うたらしいけんど、いくらなんでも七夕はまずかろう。からかわれたら可哀想《かわいそう》だってんで、ひっくり返《けえ》した」

「ひっくり返したんですか」

「都合よう、夕方の七ツに生まれたことでもあり、夕七としたらしいんじゃ」

「それにしても、七月七日の七ツとは」

「産婆さんがふしぎがっとったそうでやんす。赤ん坊は潮の満ち干の関係もあろうが、夜中から朝方に掛けて生まれることが多いってのに、この子は昼間に生まれた。明るいときに生まれた子は人見知りしないって言うけれど、どんな子に育つか楽しみだねって。いけねえ横道に逸れちまった」

七月七日の七ツに生まれた自分が、七という数にやたらと付《つ》き纏《まと》われるというか、身辺に溢れるのはなにかの予兆にちがいない。夕七が言いたかったのは、そういうことであった。

「ある日、道でばったり元《げん》さんに出喰わしやしてね。久し振りということもあったでしょうが、あんなうれしそうな顔は見たことがありやせん。この男はあっしに会えたことがこれほどうれしかったのかと思いやしたが、なに、それなりの理由があったってことでしてね」

浅草広小路を東に進んで、吾妻橋のてまえで北に折れて今戸の家に帰ろうとした夕七は、前方からやってくる元さんと出会った。

相手が大喜びしたのは、夕七にとってこれ以上ないという話を持って来たのに、留守でがっかりしていたからだ。諦めていたところが、その帰りにばったり出会ったのである。

「夕七つぁんはたしか、七月七日の七ツの生まれだったよな」

七を三つ、名前を入れると四つも並べられて、七のことが気になってならない夕七は、さすがにギクリとなった。

「そ、それがどうかしたのけ」

「しかも子《ね》年のはずだ」と言って、うなずくのを見て元さんは言った。「おめえにとんでもない金儲《かねもう》けをさせてやろうと、江戸の町じゅうを、と言うのは大袈裟《おおげさ》だが、足を棒にして探し歩いてたんだよ」

「金儲けかよ。怪しげな話じゃあんめえな」

話を聞くと元さんは、自身番屋の書役《かきやく》をしながら札屋もやっていた。つまり非番の日には富籤《とみくじ》の札を売り歩いて、小遣い稼ぎをしていたのである。

籤の元締めから札を買って、それに五分から一割の手数料を上乗せして売るのだ。手数料の歩合は決まっておらず、人気の富だと高く売れるが、買い取りなので売れ残ると持ち出しになってしまう。

「今は椙森《すぎのもり》神社の富籤を扱ってんだが、まさに夕七つぁんにピッタリと言うか、夕七つぁんのために誂《あつら》えたような札が手に入ってな」

元さんが求めた一枚に、子の七七七番があったのだ。

「夕七つぁんは、子年の七月七日七ツの生まれ」

夕七が呆れるくらい、元さんの興奮は凄《すさ》まじかった。

声は震えているし、顔は赤くなったり蒼くなったりしている。卯月《うづき》になったばかりだと言うのに、顔中に汗が噴いていた。

「おれは子の七七七番というだけで、夕七つぁんは一番富に当たったも同然と思った」

七の数に付き纏われていたのは、この予兆だったとしか考えられないではないか。とは思っても、いやそう思ったからこそかもしれないが、あまりにも調子が良すぎるのではないかと、心の奥でささやく声がする。

だからつい言ってしまった。

「だけどよ、七七七だぜ。おんなじ数字が三つも並ぶとか、一二三のように順に並ぶとか、そげな数が当たり番号に出ることはまず考えられねえべ」

元さんに笑われてしまった。富籤は売った数とおなじだけの木札を木箱に入れて掻《か》き混ぜ、横の穴からおおきな錐《きり》で突き刺すのだそうだ。その役目は、邪気のない子供とされている。

子供が突き刺した木札を見せ、それを係の役人が読みあげるとのことだ。

「だから数の並びなんぞに関わりなく、まったくの運次第なんだが、それだけに子の七七七番とくると、これしかねえと思うだろう。思うしかねえではないか」

そうだ、おれのための籤としか考えられない、と夕七も思うようになっていた。

「いくらだ」

「二朱だ」

「二朱かあ」

言いながら夕七は素早く計算した。四朱で一分、四分で一両だから、二朱は一両の八分の一。一両は六千五百文だから、二朱は八百十文と少しになる。夕七は元さんに、ちょっとばかし考えさせてほしいと言った。

「お二人はご存じかどうか知りやせんが、あっしゃ婿養子でね」と、夕七は照れたように言った。「女房は十九で、義父《おやじ》さんはまだ四十三なんでさ」

つまり財布の紐《ひも》を握られた夕七は、金を自由にできないのである。しかも余分な手持ちはない。

だから元さんに頼んだ。

「ちょっくら待ってくんねえか」

「こっちも商売だからな。持ち出しになっちゃかなわんので、買い手がいたら売るから、そんときには恨まんでくれよ」

しかし考えれば考えるほど、自分のための番号としか思えない。一番富で千両、二番富で五百両、三番富で三百両と続くが、二番や三番、ましてや四番以下は関係ない。当たるとすれば一番でしかないのだ。

二朱で千両が手に入るのに、買わない馬鹿はいないだろう。

夕七はなんとか二朱を工面して、その夜遅くなって元さんを訪れた。

「夕七つぁんよう、それにしても、おめえは不運なやつだな」

「う、売れちまったのけ」

「ああ、ついさっきな」

頭の中が真っ白、目のまえは真っ暗、顔は真っ赤と真っ蒼《まさお》を繰り返しているのが、自分でもわかるほどだ。

しかしどうしようもない。肩を落として、夕七はすごすごと家に帰るしかなかった。

「席亭さんじゃなかった、信吾さんに声を掛けられたのは、あっしが当たり籤を買い損ねた次の日の昼間でね」

「そうでしたか」としか、信吾は言いようがなかった。「それで溜息を吐いたり、首を振ったりしてたのですね」

「そうじゃねえんで」

「え、どういうことでしょう」

「籤が人に売れたと聞いた途端、あれだけ付き纏っていた七が離れて行きやしてね。目にも耳にもまるっきり入らない。一夜明けてもおなじこってす。昼を過ぎて仕事に空きができたんで、『駒形』に将棋を指しに行ったんですがね、七が、そんな数字はまるで地上から消えでもしたかのように、姿どころか影も見せねえ」

それでここしばらくを振り返り、一体あれはなんだったのだろうか、と思ったそうである。なぜ関わりがなくなったのか、とか、自分が買わなかったあの籤は果たして一番籤になるだろうかと、そんなあれやこれやを思って、溜息を吐いたり首を振ったりしていたのだ。

そんなこととは知りもしない信吾が、気になって声を掛けたのであった。

となると少しおかしい。

先ほどはなぜ七に付き纏われるのだろうと、首を振り溜息を吐くのを見て、信吾が声を掛けたと言ったはずだ。それが、なぜ付き纏わなくなったかに掏《す》り替《か》えられていた。

待てよ、夕七はその奇妙な現象に関して語ったのであって、時間的なことを言ったのではなかったのではないのか。

考える暇を与えずに夕七は喋り続けた。

「それにしても、あまりにもふしぎでなんねえ。ほれに信吾さんが気にしてくれとるのではねえかと思うたし、考えてみるとなんとも妙な話だべ。だもんで、ともかく話してやらなきゃと、やって来たってことでやすよ」

「いやあ、おもしろかったですよ」

わずかなもやもやはあるにしても、これほど痛快な話にはお目に掛かったことがない。信吾の言葉に波乃もうなずいた。

「なんだか本当にあったというより、夕七さんがお作りになったのではないかと思ったくらい」

「こんな妙な話が作れるほど、あっしは器用じゃありやせんがね。しかしそれを聞いて、来た甲斐《かい》がありやした。ともかくこのなんとも妙な話、おもしろい話を聞いていただきたかったんでさ。ほんじゃ長々とお邪魔しやしたね。木戸が閉まるめえに帰らんと。これが養子の辛いところでして」

「提灯《ちょうちん》を用意しましょう」

「月明かりで十分ですから、ええですよ」

「ところで夕七さん。富の当日、椙森神社に行かれますか」

「はて、どうすべか。あれが一番富になればなったで口惜しいし、万が一外れたら外れたで」と、間を置いてから夕七は続けた。「なんだか、これからも七に付き纏われそうで。うんにゃ、今度はべつの数字、あるいはまったくちがう言葉に、付き纏われるかもしれやせんがね」

夕七はいいと言ったが、やがて四ツ（十時）になろうという時刻なので、信吾はせめてもと吾妻橋まで送って行った。

相森神社の富の当日、瓦焼きの仕事の段取りが付かなかったのか、夕七は「駒形」に姿を見せなかった。

信吾はなんとなく落ち着かなかったが、その理由が富籤のせいだというのはわかっていた。散々迷ったが踏ん切りが付かないでいると、甚兵衛に声を掛けられた。

「席亭さん、なにか気掛かりなことがありそうですね。そう言えば今日は相森神社の富の日です。波乃さんに内緒で、お買いになったのではないですか」

「いえ、わたしはそういう秘密や内緒はしないことにしておりますので。ただ知りあいがちょっとね」

「よくあることですよ」

「なにがでしょう」

「ご自分のことを、友人知人のこととして話すことがね」

たしかにそういうこともなきにしもあらずなので、信吾は苦笑した。

夕七は富籤のことで、複雑な思いに囚われているはずである。だが当事者でない信吾にとっては、興味深いというか、夕七には申し訳なく思っても、やはり結果を知りたかった。

八ツ半（三時）になると、そろそろ帰り始める客もいた。指導も対局もないので、信吾は甚兵衛と常吉にあとを頼み、日本橋堀留町《ほりどめちょう》の椙森神社へと急いだ。

すでに夕刻に近いので境内は閑散としていたが、まるで彫像のように身動きもせず突っ立った人がいた。放心したその顔を見れば、金をなんとか掻き集めて籤を求め、期待を裏切られたのだとわかる。まるで境内の樹《き》で、首でも括《くく》りかねぬ顔をしていた。

張り出された紙に、一番はおろか、最下位まで見ても子の七七七番はなかった。となるとわずかな差で買えなかった夕七は、二朱をむだにせずにすんだと言うべきなのだろう。

常連の夕七は明日、でなくても明後日には「駒形」に顔を見せるはずである。さて、どう言えばいいだろうかと思いながら、信吾が鳥居に向かっていると、早足に鳥居を潜《くぐ》って来た男がいた。

夕七であった。

二人は笑顔で名を呼びあったが、話すことは一つしかない。

「残念ながらと言ったほうがいいのでしょうか、それとも」

「ありませなんだか」

「ええ」

「そうでやすか、やっぱりね」

「やはり、とは」

「あっしが買っておりゃ、子の七七七番は一番富を引き当てていた」

とんでもないことを言い出した。

「買わなかったので外れた、と」

「ほかに考えられねえではありやせんか」

そう思わずにはいられないのだろうと信吾は思ったが、夕七は自分をむりやり納得させたのではないだろうかと、そんな気もした。

しかし、とふと思った。

間にあって夕七が富籤を買っていたら、一番富を当てていたかもしれないぞ、と。そんな馬鹿なとは思ったが、心の片隅には、あったかもしれないとの気持が巣喰っていたのである。

自分も夕七とおなじように、数に付き纏われ始めたのかもしれない、信吾はそんな気がした。

言葉が言霊で霊力を持っているなら、数にだって神秘的な力があってふしぎはないからだ。なんと言っても、片や「子年の七月七日の七ツ生まれの夕七」、こなた「子の七七七番」なのだから。

そのとき日本橋本石町《ほんこくちょう》三丁目の時の鐘が七ツを告げ、堀留町の椙森神社からは近いのではっきりと聞こえた。
あいにく七月七日ではなかったが、昼の七ツは夕七の生まれた時刻である。

運も力だ

一

「こちらはたしか、少しまえまで『よろず相談屋』さんではなかったでしょうか」

先に母屋での食事をすませた常吉と、入れ替わって昼食を摂《と》った信吾が、波乃と茶を飲んでいると客があった。男の声なので、腰を浮かせかけた波乃を坐《すわ》らせて応対に出た。

客は信吾とあまり変わらぬ若い男で、お辞儀をするなりそう訊《き》いたのである。着ている物や物腰からすると、どうやらお店者《たなもの》らしかった。

「はい、さようで。名前が変わったことを、よくご存じですね」

「うろ憶《おぼ》えではありますが、たしかそうだったと」

通り掛かりにたまたま目にして、頭に残っていたのだろうか。あるいは相談に乗ってもらいたいと思いながら、何度か通り掛かったものの、踏ん切りが付かずに素通りしていた可能性もある。

看板が「よろず相談屋」から「めおと相談屋」に変わったことに気付き、それで迷いが吹っ切れたのだとも考えられた。

看板を掛け替えて半月あまりになるが、となるとずっと迷っていたとは考えにくかった。それほど切羽詰まった悩みではない、ということかもしれない。

「相談でしたらうけたまわりますので、とにかくおあがりください」

相手が躊躇《ためら》うのにかまわず、信吾は先に立って八畳の表座敷に誘《いざな》った。緊張が解けぬようなので、さり気ない手付きで示して上座に坐ってもらう。

戸惑いがあったようだが、ほどなく男は口を切った。

「『めおと相談屋』に名を変えられたということは、ご夫婦で相談に乗られるのですか」

「はい。なるべく多くの方の悩みや心配事、迷いを取り除いてあげられるようにと思いましたので。子供さんとか若い女の人からの相談でしたら、てまえよりも家内のほうが、相手の方も話しやすいでしょうから」

「なるほど、相談に乗ってもらいたい人は、男とはかぎりませんものね」

「実は子供さんが相談に参りましたときに、てまえが出られないことがありまして」

「おかみさんが」

「ええ。相手も、家内のほうが話しやすかったようです」

「解決してあげたのですね」

「はい。そんなことがありましたので、一人よりも二人でやったほうが、幅広い方々の悩みを解決できると考えましてね。お客さま次第でどちらかが、場合によっては二人で相談に応じるようにしております」

　なるほどとでも言いたげに相手はうなずいたが、実はまだ二人で相談に乗ったことはなかった。できればそうしたいと思っているだけである。波乃と二人で夕七の話を聞いたことはあるが、相談ではなかった。

「それで看板を書き替えたのですがね」

　相手は信吾の話の途中で首を傾《かし》げた。

「子供とおっしゃいましたが」

「あとで家内に聞かされ、てまえも驚きました。ですが子供にも、どうすればいいかわからぬことや、迷い、悩みはありますから」

「たしかに、あってふしぎはないですが」

「普通ですと、親兄弟とか周りの大人に相談するのでしょうが、なにかと事情があったらしくて、身近に打ち明けられる人がいなかったようです」

「何歳くらいですか、そのお子さんは」

「十歳と八歳、それに七歳の姉弟《きょうだい》でした」

「三人ですか」と、そこで切ってから相手は続けた。「一人でなかったから、姉弟で相談してこちらに、となったのでしょうかね」

「お客さまは大抵お一人でお見えですが、かならずそうとはかぎりません。どんなお客さまがお見えになるか、まるでわからないのですよ。母親が息子さんを連れて来られたこともありました。息子さんといっても、てまえと同年輩でしたがね。お職人やお武家さまからも相談されましたし」

豆狸《まめだ》の相談にも乗ったが、そんなことを言えば、からかわれたと思って怒り出すかもしれない。お武家と言っただけで、相手は目を円くしたのだ。

「お侍さんが、ですって」

「驚かれるのもむりはありません。町人の、それもこんな若造の所にと、にわかには信じられませんでした。詳しく話すことはできませんが、お武家さまにもいろいろと事情がおありなんでしょうね。立場や見栄《みえ》もあって、知人や朋輩《ほうばい》の方に相談する訳にいかないこともあるようです」

実際はややこしい事情があったのだが、曖昧にしておいた。

「それで、悩みを解消してあげることができたのですね」

「はい。すんなりとはいきませんでしたが、なんとかご期待に副《そ》うことができました」

相手は考えを纏《まと》めていたらしいが、少し間を置いてから庄太郎《しょうたろう》と申しますと名乗った。どういう字を書くかまで言ったところをみると、かなり律義な人らしい。

「てまえは信吾と申しまして」

「存じております。吾を信じるの信吾さんですね」

そう言ったところからすると、信吾のことは瓦版に書かれた武勇伝で知ったらしい。

庄太郎が名を告げたのは、打ち明けようと心が決まったからだろう。

「最初にお聞きしたいのですが、自分のことでなければ相談に乗っていただけない、ということではないですよね」

親しい知りあいが悩むのを見兼ねてということであれば、庄太郎が悩みを打ち明けられた訳ではないということだ。それとも相談されたのに、いい考えが浮かばなかったため、迷った末に訪れたということだろうか。

「代理の方もお見えになられますよ。体の具合がよくないとか、度外れて内気なお方の場合ですね。代理人がいらしておおよそのことを話されてから、のちほどご本人がお見えのこともありました。ほかにもいろいろな事情がおありでしょうが、もちろんお受けいたします。お困りの方の力になりたい、との思いで開いた相談所ですので」

「それを伺って安心しました。ともかく、見ていられなかったものですから」

やはり庄太郎は、悩みを打ち明けられた訳ではなかったのだ。

「幸せな方ですね」

信吾がなぜそう言ったのかがわからなかったからだろう、庄太郎は困惑したような表情になった。

「そのお人は、自分のことを親身に思ってくれる庄太郎さんのような方を、友に持てたのですから」

「どうでしょうかね」と、庄太郎は微《かす》かに笑った。「いらぬお節介を焼きやがって、と言われるかもしれません」

「口ではそうおっしゃっても、心の裡《うち》では手をあわせて感謝なさると思いますよ」

「だといいのですが」

畳の上を足音が近付き、「失礼します」の声とともに襖《ふすま》が開けられた。挨拶をして、波乃が二人のまえに湯呑茶碗《ゆのみぢやわん》を置いた。

「あ、あの。おかみさん」

お辞儀をしてさがろうとする波乃に、庄太郎が控え目に声を掛けた。立ち止まって「はい」と返辞をすると、盆を抱えたまま波乃は体を捩《ね》じった。

「もしよろしかったら、ご主人、信吾さんといっしょに、わたしの話を聞いていただけませんか」

首を傾げながら波乃が見たので、信吾は微かにうなずいた。

「庄太郎さんとおっしゃる。めおと相談屋の看板をご覧になってお見えでね。お友達のことで話があるそうだ」

「わたしでよろしければ」と言ってから、波乃は頭をさげた。「申し遅れましたが、波乃と申します」

庄太郎は律儀に頭をさげ、信吾と波乃を交互に見ながら言った。

「自分のことでしたら、こういう事情ですとはっきり申しあげられるのですが」

「友達の悩みなので、曖昧な部分や、庄太郎さんがこうではないかと感じられたり」

「臆測していることもあると思います。ですからお二人に聞いていただければ、わたしの思いこみ、思いすごしなどにも気付いていただけるのでは、と」

波乃はうなずくと信吾の斜めうしろに坐り、体の横に盆を置いた。

いっしょに聞いてもらいたいと言いながら、二人が真剣な目で見たからだろうが、庄太郎は切り出せないでいる。

信吾はモトを呼ぶと甚兵衛と常吉への伝言を頼んだ。相談のお客さまがお見えなので、しばらく将棋会所を空けるのでよろしく願いたい。そして自分がもどるまで連絡はしないように、と。

モトが庭先を横切り柴折戸《しおりど》を押して消えても、庄太郎は無言のままであった。

なにを躊躇うことがあるのだろうと、信吾にすれば奇妙でならない。自分のことなら話しにくいかもしれないが、親しい知人の悩みであれば、事情もわかっているのだからすんなり話せばいいと思ったからだ。

「お友達の名前は出し辛《づら》いと思います。てまえが知りたいのは、その方がどういう事情でお悩みなのか、どうすれば解決できるかということですので、仮名《かめい》や偽名でもかまいません。お名前、お住まい、お仕事や屋号を伏せたまま、相談にお見えの方も多いですからね」

「そうなんですか」と、庄太郎はほっとしたようである。「でしたらそうさせていただきますが」

「太郎さんとか次郎さんで結構です。ありふれた名前がいいでしょう」

「庄次郎、とでもしますか」

冗談っぽい言い方は、いくらかでも気持が解《ほぐ》れたからだろう。

「いいですが、うっかりご自分のお名前の庄太郎とまちがわれませんように」

「それはないでしょうけど、紛らわしくはありますね」

「友達でよろしいのではないですか。名前がなければ進められない、ということはないでしょうから」

「信吾さんは、随分とたくさんの相談事を解決されてきたのでしょうね。なぜって、少し話を聞いただけですっかり気が楽になりましたもの。そんなつもりはありませんでしたが、てまえは気付かぬうちに構えていたようです。それがいつの間にか解れたのが、自分でもわかりますよ」

とは言ったものの、いざ話すとなると言葉がうまく出ないようであった。信吾は黙って庄太郎が話し始めるのを待った。

チラリと目を遣《や》ったが、波乃は庄太郎を緊張させてはならないと思ってだろう、目を伏せて静かに控えている。

「おなじ町内で、齢《とし》がいっしょということもありますが、物心が付いたころからの馴染《なじ》みでした。どちらかというと、もの静かで控え目なおとなしい男です」

幼馴染の名は佐久兵衛《さくべえ》だそうだ。太郎や次郎のような仮名でもかまわないと言ったのに、名前を出したのは信吾を信頼できると判断したからだろうか。

佐久兵衛はある商家の次男坊だが、手習所を下山（修了）した十二歳で奉公に出された。家業は長男が継ぐので、見世を手伝わせても暖簾《のれんわ》分けは難しいと親が判断したのかもしれなかった。

商家では小僧から手代になると、大抵の見世が名前を変えさせた。武家の元服のようなものだが、取引先などに対して小僧名では都合が悪いので、商人《あきんど》らしい名に改めるのである。

「二人だけとか仲間うちでは、佐久兵衛でなく幼名の福助《ふくすけ》で呼んでいます。そう言えば」と、庄太郎は信吾に訊いた。「信吾さんのお名前は」

「変えておりません。檀那寺《だんなでら》の和尚さんに付けてもらいましたが、とても験《げん》のいい名だとのことですので。それと、てまえは商人の埒《らち》を外れましたから、改名するまでもないだろうと」

庄太郎は不躾《ぶしつけ》だと思ったのか、理由を問うことはしなかった。

「ご存じかどうか知りませんが、実家は浅草で料理屋をやっておりまして」

「東仲町の宮戸屋さん」

「はい。その宮戸屋を弟に任せることにして家を出、よろず相談屋と将棋会所を始めました。つい最近、めおと相談屋と改めましたがね。まともな商家とは言えませんので、商人らしい名にすることもないと考え、信吾を通しております」

「そういうことでしたか」

「それよりも庄太郎さん、佐久兵衛さんの悩みのお話を」

「そうでしたね。つい横道に逸《そ》れてしまいましたが、福助、いえ佐久兵衛が奉公先の娘と恋仲になりまして」

なるほどそういうことかと、信吾はそれまでの違和感が納得できた。佐久兵衛ではなくて庄太郎自身の悩み、しかも恋物語なので切り出しにくかったのだ。

色恋沙汰だとしても、他人のことであればここまで手間取ることはない。信吾の名前のことなど訊いている暇があれば、一刻も早く本題に入るべきなのだ。それがなかなかできなかったのは、幼馴染ではなくて自分のことだからにちがいない。

佐久兵衛は庄太郎本人なのだとの推論に、信吾は自信を強めた。

しかし男女のこととなると、自分の手には負えないかもしれないな、と思わずにいられない。以前、お店《たな》のお嬢さんの片思いをなんとかしたいので相談に乗ってほしいと、番頭に持ちこまれてこずったことがあったのだ。

波乃を同席させてよかったと信吾は思った。これこそ一人より二人のほうが、ということだろう。

「恋仲となると、佐久兵衛さんの片思いではなく」

「いわゆる相惚《あいぼ》れというやつです。ところが相手、小夜《さよ》さんとおっしゃいますが、一人娘ですので」

「婿を取らなくてはならないということですね。佐久兵衛さんはたしか次男でしたから、あいだに人を立てて婿養子になれば、特に問題はないのではないですか」

信吾はそう言ったが、庄太郎は黙ったままで肯定も否定もしない。となると問題はかぎられる。

「小夜さんと佐久兵衛さんの、家の格のちがいということでしょうか」

「釣りあいに関しては問題ありません。むしろ佐久兵衛の実家のほうがいくらかではありますが、格が上と言っていいと思います」

「となると、べつの力が加わったということになりますね」

「おっしゃるとおりですが、なんだとお考えですか、信吾さんは」

いくつかが考えられるが、このような状況では小夜か佐久兵衛に問題があるのだろう。

でなければどちらかの家、場合によっては両家の事情が絡んでくるので、うっかりしたことは言えない。

信吾の躊躇《ちゅうちょ》を庄太郎は感じ取ったようだ。

「信吾さんは相談屋のあるじさんでしょう。正直に考えを吐露されるべきではないですか。相談する者の気持を忖度《そんたく》していては、相談屋本来の役目を外れてしまいます。ですから、正直に言っていただいてかまいません」

「そこまでおっしゃるのなら、申しますが」

信吾が庄太郎を見ると、相手も見返してこくりとうなずいた。

二

「まず考えられるのは、佐久兵衛さんに問題があるということです」

断言してから信吾は庄太郎を見たが、思ったとおりだった。薄い笑いが浮かんだのは、お手並み拝見との思いからだろう。

「ですが、それはないでしょう」

一度言ったことを、信吾はきっぱりと打ち消した。肩透かしを喰《く》ったと感じたらしく、庄太郎の顔から笑いが退《ひ》いた。

「なぜ、そのように」

「男が迷うのは三道楽煩悩《さんどらぼんのう》ですね。飲む、打つ、買うのどれかに惑うことは、往々にしてあるようです。場合によっては二つとか、三つ全部ということも」

「それがないとの根拠は」

「若い男なら大抵そのどれかを楽しんでいるでしょうが、度を過ごさないかぎり問題にはなりません。佐久兵衛さんは庄太郎さんの幼馴染で、おない年とのことでしたね」

「はい。ともに二十歳です」

「酒で問題になるのは酒乱です。いつもは借りてきた猫のようにおとなしいのに、酔うと人が変わったようになってしまう。手に負えぬほど狂暴になったり、大言壮語したり、人が厭《いや》がるのに執拗《しつよう》に絡んだりするのが酒乱ですね。だがそれは飲酒が習慣になり、しかも相当な量を飲むようになってからのことです。若いうちは周囲の者に煽《あお》られて飲みすぎることもあるでしょうが、酔い潰れてしまえばそれでお終《しま》いで、荒れ狂うことはありません」

　打つは博奕《ばくち》で、悪い仲間に誘われて始めることが多い。最初のうちこそ儲《もう》けさせてくれるが、やめられなくするための手で、やがて取られる。取られた分を取り返そうともがいているうちに、深みに嵌《は》まって抜け出せなくなるのだ。

　しかし次男坊であれば、家や商売に関する書き物の類《たぐい》をどうこうすることはできないので、見世を潰すまではいかない。せいぜい集金した金に手を付けるとか、借金をするくらいだろう。であれば家族が尻拭いすればすむことで、わざわざ相談に来なくてもすむ。

最後の買うは遊所での女遊びである。

廓《くるわ》の女に甘い言葉を囁《ささや》かれて、ついその気になってしまうことがあるようだ。金を貢ぐようになれば問題だが、長男ならともかく、次男坊は金が自由にできないので考えにくい。

「小夜さんという思い人があれば、廓の女に惑うことはまず考えられません。もし二股を掛けているとすれば論外ですが、どちらかを諦めさせるか、遊びは遊びと割り切らせればすむことですからね。それに飲む、打つ、買うであれば、庄太郎さんが忠告すればいいのだから、わざわざてまえのところに相談に来る意味がありません」

「なるほど相談屋さんは、そういう手順で問題を絞りこんでいくのですね」

「いつもそうとはかぎりませんが、こういうふうに進めることもあります」

「佐久兵衛に問題がなければ、小夜さんに、とお考えですか」

「となりますが、伺ったかぎり小夜さんにも問題はなさそうです」

「その根拠は」

「二人は相惚れの仲だとおっしゃいました。佐久兵衛さんは二十歳だそうですが、とすれば小夜さんは同年輩か少し下だと思われます。それとも年上なので不具合が」

「十六歳、だそうです」

庄太郎の言葉に信吾はおおきくうなずいた。

「佐久兵衛さんは物静かで控え目な、おとなしい方だと庄太郎さんはおっしゃいました」

なにを言うのだろうと警戒したのかもしれない、庄太郎の顔が少し硬くなったのがわかった。

「類は友を呼ぶと申しますから、庄太郎さんのようなお方なんでしょうね」

「えッ、なぜそのように」

庄太郎は、信吾の心を覗《のぞ》きこもうとするような目になった。

「物静かで控え目な、おとなしい方というのは、まさに庄太郎さんそのものではないですか」

「いえ、わたしは佐久兵衛に較《くら》べると、とても」

照れも混じっているかもしれないが、困惑する庄太郎を横目で見ながら、信吾はさりげなく切り出した。

「蛇は極めて淫らだそうでしてね」

唐突に、それも思いも掛けぬ方向に話が飛んだからだろう、庄太郎が滑稽なほど戸惑うのがわかった。斜めうしろに坐っている波乃の反応は、信吾にはわからない。

「ある人の書物を読んだことがありますが、蛇の媾合《まぐわい》は呆《あき》れるほど淫らで執拗だそうです。その人はずっと見ていたそうなんですが、嘘《うそ》か真《まこと》かまではてまえにはわかりません。しかし飽きずにずっと見続けていたとなると、書かれた方はかなり風変わりな性向の持ち主だと言えますね。そしてこんなふうに書いてありました。荒淫蛇《こういんじゃ》の如《ごと》し、と」

相手が混乱というか、訳がわからぬという顔になったので、信吾はコウインとジャを文字で示した。しかし庄太郎は首を傾げるばかりである。

「一体なにをおっしゃりたいのやら」

「明らかに光陰矢の如しのもじりで、これを書きたいために、その人は蛇の媾合を持ち出したのかもしれないですからね。とすれば、蛇にすればとんでもない濡《ぬ》れ衣《ぎぬ》ではないですか」

それでも笑わない。見事な空振りであった。庄太郎は笑わないどころか憮然《ぶぜん》としている。

相手が聞きたくないだろうことを話すまえに、信吾は冗談めかして軽く笑ってもらうと思ったのである。ねらいがまるで通じなかったのは、もったいぶった言い方になってしまったからかもしれない。

「もしも小夜さんに問題があるとすれば、それしかないなと思ったのですがね。庄太郎さんと話しているうちに、絶対にあり得ないなと確信しました」

「どういうことですか。一体、なぜそれしかないと思い、いかなる理由であり得ないと判断されたのでしょう」

「忘れてください。一瞬、頭を過《よぎ》っただけで、すぐに思いすごしだとわかりましたから」

「そんなふうに言われると、却《かえ》って聞きたくなるではないですか」

「おっしゃるとおりですね。思わせ振りな言い方をしたてまえに責任はあります。どうか気を悪くしないでいただきたいのですが」

「相談に乗ってもらっているわたしが、気を悪くしたり、怒ったりするはずがないのは、火を見るよりも明らかではありませんか」

「そんなことはまずある訳がないと思ったのですが、小夜さんが十六歳だとお聞きして、絶対にないと確信しました」

「前置きが長くなれば長くなるほど、話し辛くなるのではないですか」

まさに指摘どおりなので、信吾は思わず苦笑してしまった。

「佐久兵衛さんがたまたまなにかの事情で、小夜さんの体の秘密を知ってしまったのではないかと思ったのです」

「体の秘密ですって。一体、なにをおっしゃりたいのですか」

「稀《まれ》に、ごく稀にいるそうなんですが、自分で自分の体を思いどおりにできない人がいると、聞いたことがあります」

庄太郎の顔は強張《こわば》り、怒りで真っ赤になった。

「小夜はそんな女じゃありませんよ」

呶声《どせい》を発した瞬間にわれに返ったらしく、庄太郎は硬い表情のまま押し殺した声で言い直した。

「小夜さんは、あの人は、決して、そんな人ではありません」

「てまえもそうだと思います。佐久兵衛さんにほのかな思いを寄せている、十六歳の小夜さんからはとても考えられませんからね。生まれついて持っている淫らさを男に見抜かれ、火を点《つ》けられてどうにもできなくなるという人が稀にいるそうです。てまえも本を読んで知ったので、どこまでが事実かはわかりません。ただ考えられるとしたらそれしかないと思いましたが、いわゆる年増《としま》ならともかく十六歳ではとても」

庄太郎は溜息《ためいき》を吐《つ》いた。

「却って聞きたくなると言われ、仕方なく喋《しゃべ》ってしまいましたが、喋るべきではありませんでした。どうか忘れてください」

迂闊《うかつ》すぎたと、信吾は後悔せずにいられなかった。自分を忘れるほどの庄太郎の反応を見て、ありありとわかったのだ。

やはり思っていたとおりであった。

幼馴染の佐久兵衛なる人物など、存在しないのである。自分の悩みをすなおに打ち明けることに強い抵抗、あるいは躊躇《ためら》いがあったために、庄太郎は知りあいの悩みだということにして相談に来たのだ。

おそらく「よろず相談屋」の看板に気付いて、何度もそのまえを通りすぎたのだろう。信吾の名前を知っていたことからすれば、瓦版に取りあげられたとき相談屋の存在を知ったにちがいない。

そして久し振りに通り掛かると、看板が「めおと相談屋」に変わっていた。それで意を決したと考えたほうが自然である。

咳声を発した直後にあわてて言い直したことで、佐久兵衛に仮託して語ったことを信吾が見抜いたのに、庄太郎は気付いたのではないだろうか。とすれば、気付かぬ振りを通すのは不自然である。しかし庄太郎が気付いていない場合、それに触れたり謝ったりすれば却ってややこしくなってしまう。

そのことに触れることなく、遣り取りを続けるべきだろうか。果たしてそれが通るだろうかと、信吾は悩ましい選択に直面した。

「よろしいでしょうか」

低い落ち着きのある声で問い掛けたのは、黙って話を聞いていた波乃であった。思わぬ助け船だと感じたのだろう、庄太郎が安堵《あんど》した表情を隠しもしないでうなずいた。そして信吾もおなじようにうなずいていた。

「横で聞いていて感じたことを話したいと思いますが、とんでもない見当はずれなことかもしれませんので、そのときは許してくださいね」

微かな笑いを浮かべながら、波乃はゆっくりと話し始めた。

「わたくしは小夜さんと佐久兵衛さんには、なんの問題もないということでいいと思いました。となりますと、考えられるのは双方のお家《うち》のこととなります」

二人の遣り取りから佐久兵衛が架空の人物だと気付いたはずだが、波乃は庄太郎の話を否定しなかったのである。佐久兵衛を庄太郎の幼馴染として認め、二人にもその前提で話を進めることを暗黙の裡に認めさせたのであった。

普段は自分のことを「あたし」と呼ぶ波乃は、初対面の庄太郎には「わたし」と言った。それが二度目に「わたくし」と畏《かしこ》まった言い方をしたのは、そういう約束事で話しましょうねとの、意思の表明であったのだろう。

「先ほど庄太郎さんは、小夜さんと佐久兵衛さんのお家は同格で、敢《あ》えて言えば佐久兵衛さんのほうがわずかに格上と申されました。でありながら支障があるとなりますと、小夜さんにお婿さんの話があったからではないでしょうか」

信吾は庄太郎と向きあって坐っていたが、波乃が話し掛けたとき膝の向きを背後の波乃のほうにずらした。そのため三人はほぼ鼎坐《ていざ》の位置関係になっていた。

波乃は二人に均等な視線を送ってから、わずかにうなずいて話を続けた。

「小夜さんのお家はお婿さんの話を持ち掛けた相手に、取引の上で恩恵を受けているという気がします。断っては以後立ちゆかないとまでは言わなくても、相当な厳しさを強いられるという状況に立たされるのではないかしら」

ふーッと、おおきな溜息を吐いたのは庄太郎であった。

信吾も溜息を吐きたかったが、なぜなら波乃とおなじことを考えていたからである。庄太郎との会話が暗礁に乗りあげたので、いかにしてそこに話を持っていこうかと思っていた矢先であった。

信吾にすればまさに女房大明神さまである。

その大明神が続けた。

「小夜さんのご両親が、どこまで佐久兵衛さんとのことをご存じかは知りません。いえ、お父さまは気付いていなくても、娘さんのことですから、おそらくお母さまはおわかりだったでしょうね。ですがご存じだとしても、相手側の婿入り話を簡単に断れないのだと思います。ですから庄太郎さんは、なんとかできないかとお見えになられたのではないでしょうか」

庄太郎はゴクリと唾を呑《の》み、真剣な目を波乃に向けた。波乃の推測が正しかったことは、庄太郎の発した言葉ですぐに証明された。

「妙案は」

ないだろうかとまでは言わなかったが、信吾の思いもおなじであった。

「残念ながら」と、波乃は悩まし気な顔で言った。「でも、なんとしても見付けたい、というか、見付けなければならないと思います」

「ですね」と、庄太郎は言った。「ではありますが、すぐに出るとは思えません。すぐに出るくらいであれば、わたしのほうで解決できますから」

「相談屋としては言いにくいことなのですが、少し先送りしていただくことはできませんか」と、信吾は庄太郎に言った。「洗い直してから、慎重に考えたいと思います。小夜さんと佐久兵衛さんの一生が、掛かっておりますからね」

「わかりました。なにしろ幼馴染の悩みですから、わたしとしてはなんとしても解いてやりたい。いや、解かねばならないと、これは使命と言ってもいいですから」

庄太郎はやはり、佐久兵衛の問題として解決したいようだ。

「ところで信吾さん」

「はい。なんでしょう」

「相談料と言えばいいのでしょうか、謝礼はいかほど」

「なにも解決しておりませんのに、いただく訳にはまいりません」

「ですが、それでは商売に」

「相談屋の看板は出しておりますが、商売としてはやっておりません。どうしてもということでしたら、問題が解決した暁に改めて考えていただければと思います。それよりも、これほどの難問となりますと、てまえはなんとしても解決したいですよ」

「ともに笑えるといいですが」

「笑いましょう。なんとしても笑っていただかねば」

波乃が席を立ったが、信吾の視線に微笑《ほほえ》みを返した。

「明るいうちからだと気が退けますが、昼のお酒もいいそうですよ」

なにか言い掛けた庄太郎に、信吾はおおきくうなずいた。

「ともかく軽く飲んで、それをきっかけにしようではありませんか。あれこれ悩まずに、めおと相談屋に任せてくださいよ」

「お天道《てんと》さまに見守られながらの酒となりますと」

「やはり、飲めないですか」

「今日くらいは飲みたいですが、わたしには飲めない理由があるのです」

「ぜひ伺いたい」

「実はわたしは酒乱でして」

襖を開けて出ながら、波乃は庄太郎の言葉を無視して言った。

「すぐ燗《かん》をお付けしますね」

「おかみさん。わたしは酒乱なんですよ」

信吾は庄太郎に笑い掛けた。

「諦めなさい。嘘はとっくに見破られています。吐くならもっと上手な嘘でなきゃ」

「なぜ嘘だと」

「酒乱の人は、自分が泥酔したときのことを憶えていないものです。憶えていたとしても酒の上でのことにしてしまいますから、絶対に自分は酒乱でないと言い張ります。となると、自分から酒乱と言った庄太郎さんが、酒乱であるはずがないとの答が導き出せるのです。波乃が安心して燗を付けられることが、おわかりでしょう」

「なるほど、相談屋さんはそのように話を運んで、相手を説き伏せてしまうのですね。これは一本取られました。であればいただきましょう。せっかく思いの伝わる人、というかご夫婦と巡り会えたのですからね」

「ともかく今日は庄太郎さんに相談を、それも難題を持ち掛けられたばかりです。解決に導くためには、今後も何度かお会いして話しあわなくてはなりませんからね。それを成就させるための結束を強める意味で、盃《さかずき》を交わしましょう」

さすがに昼間ということもあってうしろめたくもあり、三人は銚子《ちょうし》を三本にかぎり、時間を掛けてちびりちびりと味わうにとどめた。波乃も盃に一杯だけいただいた。

量がわずかということもあるが、庄太郎はおだやかな酒に終始したのである。もしも酒乱であったとしても、それだけの量では乱れようがなかった。

三

翌日。

四人で夜の食事を終え、常吉が番犬の餌を持って仕事場にもどると、モトが洗い物を始めた。信吾と波乃は八畳間に移って茶を飲みながら、信吾は読書を、波乃は繕い物をする。

信吾が文机《ふづくえ》に向かうと、「よろしいかしら」と波乃が訊いた。一応そう断りはしたが、話したくてうずうずしているのは食事のときから感じていたので、信吾は栞《しおり》を挟んで本を閉じた。

「なんだか、妙な具合になりましたの」

それだけでは訳がわからないが、なにが妙なのかと問う必要はなかった。波乃がすぐに続けたからだ。

「昼間、小夜さんの幼馴染だとおっしゃる方が見えたのですが」

庄太郎が話していた、佐久兵衛が奉公している見世の一人娘の名が小夜である。とすれば波乃が言ったことは、それこそ妙と言うしかない。

幼馴染のことは話しにくいだろうから、仮名でもかまわないと信吾は庄太郎に言った。にもかかわらず、庄太郎は友人の名を佐久兵衛だと告げたのである。ところがその後の遣り取りで信吾は、佐久兵衛は庄太郎本人だと確信するに至ったのだ。

とすれば、庄太郎が話した小夜の名が本名だとは考えられない。それなのに存在しないはずの小夜の、その友人が波乃を訪ねて来るなどということがあるだろうか。

信吾の心の裡を読み取りでもしたように、波乃が言った。

「本人はちがう名を告げましたけれど、あたしは小夜さんのことだとピンときました。なぜって、庄太郎さんのお話の裏返しでしたから」

「なるほど、妙な具合だ」

そう受けはしたものの、それだけでは訳がわからない。しかし問う必要はなかった。話したくてたまらない波乃が、すぐに続けたからだ。

供を連れた若い女がやって来たのは、八ツ半（午後三時）ごろであった。モトが出ると、相手は「めおと相談屋」であることを確認したそうだ。

「そしてモトに、女先生に話があってまいりましたと言ったんですって」

「女先生ってだれだい」とからかいたくなったが、信吾はその先を知りたい気持のほうが遥《はる》かに強かったので、目顔でうながした。

八畳間にお客さまをお通ししましたとモトに言われて、波乃は表座敷に向かった。

相手は千枝《ちえ》と名乗り、「先生に話があるのでおまえは庭でも見せておもらい」と、供の女に言ったのである。供の女が波乃に一礼して部屋を出ようとしたところに、モトが茶を持って来た。

「お客さまと話がありますので、お連れさまの相手をして差しあげなさい」

モトと供の女が去ると千枝は改めて挨拶し、自分ではなく親しくしている人に関する相談だが、受けてくれるだろうかと訊いた。困った人の役に立ちたいとの考えでやっているので、当然お受けいたしますと波乃は答えたのである。

そう齢がちがいもしないのに先生と呼ばれるのは気恥ずかしいので、波乃と呼んでくださいと付け足した。

「でしたら波乃さん、お願いがもう一つあるのですけれど」

「はい。なんでしょう」

「その人の名前、住まい、仕事や屋号などは伏せたままで願いたいのです」

前日の信吾と庄太郎の遣り取りを見聞きしていたので、波乃はごく自然に応じることができた。

「わたくしが知りたいのは、千枝さまのお知りあいの方がなにをお悩みなのか、いかにすれば悩みを取り除けるかということです。ですので話せることだけでけっこうでございますし、話しにくいようでしたら仮名でもかまいません。なんでしたら花さん、菫《すみれ》さん、桜さん、百合《ゆり》さん、菊さん、などとご自由にお決めください」

「桜にしてください。わたし、花の中で桜が一番好きなんです」

そのような遣り取りがあって、千枝は桜、つまり小夜と思われる娘の話を始めた。

「あたし、庄太郎さんの話した佐久兵衛さんと小夜さんの話と重なって、というか取りちがえそうな気がして困りました。何度も噴き出しそうになってしまい、それを堪《こら》えるのがどれほどたいへんだったか」

「そういうことはあとで聞かせてもらいましょう、めおと相談屋の女先生」

波乃はぺろりと舌を出して、すぐ真顔にもどった。

桜はある商家の一人娘だが、十六歳になって恋をしてしまった。相手は奉公人の手代で二十歳の七五三一《しめいち》だが、ただの奉公人ではない。ある商家の次男坊で、商売の修業のため奉公に出されたとのことである。

手習所を下山した十二歳で桜の見世の奉公人となったが、十五歳で手代になり、ほどなく番頭になるだろうと言われている。二番か三番の番頭ではあっても、二十歳そこそこでなれれば例外中の例外と言える出世頭であった。

もの静かで控え目なおとなしい男なので、挨拶されても桜はそれほど七五三一に関心がなかったのだ。

ところがある日、下駄《げた》の鼻緒が切れたときにたまたま七五三一が挿《す》げ替《か》えてくれた。わずかな言葉を交わしただけなのに、桜の心は激しく震えたのである。十六歳の乙女にとって、それまで感じたことのないときめきであった。

それだけではない。桜は七五三一の瞳の中に、自分とおなじ思いが溢《あふ》れているのを見て取った。

その後も挨拶するくらいで言葉を交わすことはなかったが、おなじ思いでいることは痛いほどにわかる。桜は七五三一がいつ言葉を掛けてくれるか、打ち明けてくれるかと、心をときめかせていた。

しかし世の中はままならない。

そんな桜に縁談が持ちあがった。

相手は取引先の老舗の息子だが、ただの取引先ではない。桜の父が営む見世は、そこに多大な恩恵を被っているのだ。

桜が七五三一に篤《あつ》い思いを抱いているのを知っている千枝にすれば、これほど気掛かりなことはない。しかしどう考えても見世を維持するためには、桜の両親は相手側の申し出を受けるしかないのである。

なんとかならないだろうかと思いはしても、だれかれに相談できることではない。思い迷っているうちに、たまたま「めおと相談屋」の看板を目にしたのであった。

意を決して訪ねると出て来たのは初老の女であったが、相談に乗ってくれる相手はまだ若い。こんなに若くて大丈夫だろうかと思うよりも、この人なら話しやすいと安堵した。

「ということでしてね、わたしの手にはとても負えないのですよ、波乃さん」

千枝の言葉や話し方はおだやかなのだが、波乃にすれば真剣勝負を挑まれたに等しかった。しかも桜が思いを寄せている七五三一が、庄太郎の言う佐久兵衛と同一人物かもしれないとなると、迂闊なことは言えない。

「あらゆる面から考え、桜さんと七五三一さんが結ばれるのは、針の穴に馬を通すよりも難しいとしか申せません。ですが困った人、悩んでいる人の苦しみを失《な》くすのが、めおと相談屋の役目であり仕事です。正直言ってとても難しいですが、わたくしども夫婦で全力を尽くさせていただきます。ですが、もう少し手掛かりとなるような事柄がわからなくては、対策のしようがありません。どのようなことでもかまいませんので話していただけませんか」

そうは言ったものの、千枝が語る桜が仮名で、商売や屋号、また関係者の名前や具体的な事実をなに一つ出せないとなると、話せることはかぎられてしまう。しかも桜の見世を訪れてはいても、千枝は七五三一と話したことがなかったという。となると七五三一については、見た目の印象しか語れないのだ。

結局、信吾に話した以上のことを、波乃は千枝から訊き出せなかったのである。

「ですから、しばらくの猶予をいただけないでしょうかということで、取り敢えず引き取ってもらいました。ただし、次回お越しの節は、桜さんと七五三一さんについて、どのようなことでもけっこうですので、なるべく詳しく教えてくださいと言っておいたのですけれど」

気弱な言い方をしたが、波乃の目には「絶対に解決せずにはおきません」との思いが溢れていた。

「あたし、小夜さんと桜さんは、絶対におなじ人だと思います」

「そして佐久兵衛さんと七五三一さんも、ということだけれど、ほぼまちがいないだろうね」

「だって、ぴったりなんですもの」

桜と七五三一が商家の一人娘と次男坊であること、二人の年齢が十六歳と二十歳と、基本的なことは小夜と佐久兵衛に合致している。これはとても偶然とは思えなかった。なぜなら名前を言い換えたとしても、人はそれ以外の部分を変えることはまずしない。でないと話している途中でまちがえるとか、矛盾を生じてしまう危険性があるからだ。

さらに動かし難い裏付けがある。小夜にも桜にも、得意先からの婿入り話が持ちこまれたのだ。ここまでくれば、たまたまだろうと考えることなど、とてもではないができる訳がない。

「わたしは九分九厘、佐久兵衛さんは庄太郎さんだと思っている。自分の悩みを解決したいために、知りあいの悩みとして相談に来たにちがいない。もしかして、千枝さんが桜さん本人ということはないだろうか」

「つまり、千枝さんは桜さんであり、小夜さんでもあるということですね。ああ、ややこしい」

「そして、七五三一さんが佐久兵衛さん、つまり庄太郎さんということなんだ」

「まさかそんな」と言ってから、波乃はあらぬ方角に目を遣った。「でもこれだけ、申しあわせたようになにからなにまで当て嵌まると」

「それをはっきりさせる方法が、ないことはないけれど」

信吾がそのあとを濁らせるとと、波乃はしばらく思いを巡らせていたが、やがて目を煌《きら》めかせた。

「そういうことですか。でも」

と言って、波乃は言葉を呑んだ。

「そうなんだ。どう考えても実現できないだろう。となると次の手を打っておかねば、少なくとも考えておかなければならない」

庄太郎の言った方法とは、佐久兵衛と小夜、つまり千枝の言う七五三一と桜を対面させるということである。もしそれが可能なら、その場で佐久兵衛と七五三一が、そして小夜と桜が同一人物だと確認できるのだ。延《ひ》いては庄太郎と千枝が、相思相愛の相手であるということも、である。

そのためには信吾が庄太郎に、佐久兵衛と会わせてくれるように頼まなければならない。おなじように波乃は千枝に、桜と会わせてもらいたいと頼むということだ。

そして佐久兵衛を伴った信吾と桜を連れた波乃が、なんらかの方法で会うのである。万が一これが実現すれば、信吾と波乃の推理は根底から覆されてしまう。なぜなら二人の推測がまちがっていなければ、庄太郎は佐久兵衛を信吾に、千枝は桜を波乃に会わせられないからである。信吾たちが考えているように、庄太郎が佐久兵衛、千枝が桜であるならばできる道理がない。

二人はなんらかの理由を作ってそれを断るだろう。であればその段階で、庄太郎と佐久兵衛、そして七五三一が同一人物であることが確認できる。千枝と桜、それに小夜に関してもおなじことが言えるのだ。

だとしても信吾が庄太郎を連れ、波乃が千枝を伴って二人を会わせることはできる。庄太郎と千枝にとってそれがどれほどの驚き、いや衝撃になるかは計り知れない。だからその場合は、あらかじめ二人がなんの障害もなく結ばれる状況を設定しておかなければならない。

九分九厘あり得ないと思うが、万が一、庄太郎が佐久兵衛を、千枝が桜を連れて来ると言ったらどうするか。つまり信吾たちの推論がまちがっていた場合だが、ただ会わせるだけではすまされないのである。

この場合も、先に二人が結ばれる状況を設定しておかねばならない。そして現状では、それに関しては手付かずであった。

「だがその方法は採れないんだ」と、信吾は波乃に言った。「どうしても、そうしなければならない状況でないかぎりはね。そのまえにすべきことが、山積しているじゃないか。目のまえに横たわる問題を解決しなければ、めおと相談屋が存在する意味はない。だからやるしかないんだよ」

「はい。やるしかありません」

「問題はどうやるかということだが、そのためには桜さんと七五三一さんのことについて、少しでも多くを知らなければならない。千枝さんだけど、次はいつ来るの」

「あッ」

波乃は悲鳴に近い声をあげ、あわてて手の甲で口を塞いだ。

「あたし、いろいろとわかったら話しに来てくれるだろうと思っていたから、たしかめていないわ。なんてお馬鹿さんなんだろう。自分で自分に呆れてしまいます」

「そんなふうに、自分を責めてはいけない」

「あたしはほとんど一日中ここにいるから、千枝さんを待っていればいいと思っていたの。だけど何日に来てくれるか、せめていつごろになるかを、たしかめておかなければならなかったのだわ。ひどい、なんてことでしょう」

「落ち着きなさい。冷静沈着で物事に動じない、波乃先生らしくないですよ」

「からかわないでくださいな。自分にがっかりしているときにからかわれると、何倍にも強く堪《こた》えるから」

「わたしには、波乃に落ち度があったとは思えないけれどね」

「だって、あたしからは千枝さんに連絡が取れないんですよ。これほど間抜けなことってないでしょう」

「でも、それは当然ですよ」

「間抜けなことがですか」

アハハハハと大声で信吾は笑った。波乃は憤慨して睨《にら》み付けたが、それが信吾の笑いに拍車を掛けたらしく、笑いはさらに激しくなった。それは底抜けに明るい笑いで、睨み付けていた波乃も、いつの間にか釣られて笑い始めた。

「千枝さんとの連絡方法、つまり住まいや屋号を知らないということだろう。でもそれは当然じゃないか。相談に来る人が正直に言うことは、まずないからね。それに波乃もそう言ったんだろ。名前は仮でもかまいませんよって」

「言いましたけど、それは桜さんに関してですよ」

「でも相手にすれば、できれば知られたくない。千枝さんだって本名とはかぎらないからね」

「それじゃ仕事にならないではないですか」

「それがなるからふしぎなんだ、相談屋の仕事は。両国の口入屋を通じて接してきた麻太郎さんとは、雑談しただけだった。だけど父親の代理で信州に行くまえに、わざわざよろず相談屋に寄って相談料を渡してくれた。なぜだとお思いですかな」

「信吾さんと話しているうちに、悩みが解消した、あるいはその糸口を得られたからでしょう」

「そのとおり。でも、ご馳走《ちそう》になってあれこれ話しただけだから、礼金を渡さなくてもすんだのに払ってくれました。わたしがあちらさまの相談に、親身になって取り組んだからです。だから今回も、やるだけのことをやれば、相手にもわかっていただけるとわたしは思っています」

「あたし、この仕事を始めてから間もないからかもしれないし、覚悟が足らないからかもしれないけれど、とても信吾さんのように気楽に笑っていられないわ」

「気楽には良かったね。千枝さんと連絡が取れない波乃が間抜けなら、わたしはそれに輪を掛けた間抜けだよ。庄太郎さんの住まいも屋号も知らないのに、今後も何度かお会いして、なんて約束を信じるのだからね」

「あら、本当だ。だったらあたしたちおなじ穴の貉《むじな》ですね」

何度も繰り返したので信吾は言わなかったが、似たもの夫婦なので当然だろう。

「だから波乃、千枝さんからの連絡を待とうじゃないか。待つことも相談屋の仕事の一つだから」

「わかりました。心を平らにして待ちましょう」

四

ところが五日経《た》ち、十日経ちし、半月がすぎたのに音沙汰ないままに、目のまえに三月二十七日が迫っていた。波乃の姉花江の祝言、婿取りの日である。

「いろいろ考え、父さんともよく相談したんだけどね」

訪ねて来た波乃の母ヨネはそう切り出した。

「思い切ったことをやることにしたの」

ヨネは鼻を蠢《うごめ》かせてそう言ったが、信吾も波乃も訳がわからない。

「あなたたちの仮祝言のとき、あたしはこれしかないと思ったわ」

「これ」ってなんですかと訊きたかったが、ヨネを見ているとなぜかそれが言えないのである。

「もちろん猛反対されたわよ。当然だわね」

同意を求められても、だれがなにに対してかがわからなければ、返答のしようがない。

ヨネの話はこういうことであった。

姉の花江が式を挙げる三月二十七日よりひと月以上もまえの二月二十三日に、波乃は信吾のもとに嫁いだ。もっとも世間には伏せたままであった。そのため仮祝言を挙げ、花江の式のあとで披露目の宴を設けることにしたのだ。

宮戸屋は弟の正吾が継ぐことになり、信吾は相談屋と将棋会所を開いて独立した。そのような事情もあって、なにからなにまで異例も異例、異例中の異例の仮祝言となった。

家の存続をなによりも大事に考える武家ほどではないが、商家でも婚礼は家同士のものである。そのため嫁入りは新郎宅に花婿の身内が集まり、そこに花嫁が嫁いで行く。

式に立ち会うのは、新郎新婦と三々九度の盃事《さかずきごと》に関わる人たちだけであった。互いが相手を見知っていることは稀で、若い二人はそのとき初めて顔をあわせることがほとんどだ。新婦が新郎の両親や親族と会うのは、式が終わったそのあとであった。

嫁は婿よりも家に嫁ぐので、披露宴には花婿の縁者、つまり親族や関係者のみが参列するのである。後日、嫁の実家に嫁側の者が集まって花婿を披露するのであった。

いくら家の維持が重要だと言っても、これはどう考えても主客転倒である。家を存続させ発展させるのは若い二人なので、であれば婚礼は花婿花嫁のためにこそおこなわれなければならない。

信吾と波乃の婚儀が通例とちがっていることもあり、信吾の両親、正右衛門《しょうえもん》と繁《しげ》は仲人とも話しあって、思い切ってそれまでの形式を採らなかった。

婚礼の式と披露宴を分けるのは従来どおりだが、花婿側と花嫁側で二度の披露宴をするむだを廃止した。両家の親子、兄弟姉妹のまえで三献の儀をおこない、そのまま披露宴に繋《つな》げたのである。それによって両家の結びつきを、揺るぎなく堅固なものとしたのだ。

それまでの祝言は五ツ半（午後九時）から、早くても六ツ（午後六時）からが通例であった。そして夜を徹して飲み明かす。だが信吾と波乃の式は、昼間の八ツ半（三時）に開始した。

ごくわずかな身内だけでおこなったし、仮祝言だからできたのだが、やってみると合理的でむだがなく、しかも理に適《かな》っている。

この仮祝言に波乃の両親も参列したが、善次郎とヨネは目から鱗《うろこ》が落ちる思いがしたと言う。だから仲人とも話しあって、花江の婿取りでも新しい祝言を提案したのだ。

こういう案であった。

式は正午に始め、婚礼の三献の儀は花婿花嫁の両親、兄弟姉妹だけで執りおこなう。

続いて披露宴に移るが、これには花婿花嫁の親族や関係者が挙《こぞ》って参列する。十分に両家の親睦を深め、宴は四ツ（午後十時）にはお開きとするというものであった。

「でもそれが決まるまで、どれだけたいへんだったことか」と、ヨネは言った。「なにしろあちらさんはお堅いから、頭まで固いのよ。花江には可哀想《かわいそう》だけど、もしかしたら不縁になるのではないかと心配したほどでね」

ともかく花婿側の両親が、納得しなかったのである。

両家だけの問題ではなく、参列する多くの方のことも考えていただかなくてはならない。商売上世話になっている方や大事な取引相手もいるので、とてもではないが型破りなことはできない、の一点張りだったそうだ。

「では、なぜこちらの考えどおりに運んだと思いますか。もちろんあたしたちだって、随分と妥協しましたがね」

「やはり義父《おとう》さんと義母《おかあ》さんの、なんとしてもそうしたいとの熱意が通じたんでしょうね」

「滝次郎《たきじろう》さんがね、まるで白無垢《しろむく》の花嫁のような殊勝なことを言って、あちらのご両親を説得なさったのよ」

滝次郎は花江の夫となる人物、つまり花婿であった。となるとなぜ白無垢の花嫁のような、と続くのかがわからない。色のない状態で嫁ぎ、婚家の色に染まる覚悟を示すのが白無垢の意味だと聞いている。

「花婿になる滝次郎さんはこう言いました」と、ヨネはそこで二人を見て続けた。「わたしは春秋堂に婿入りする身です。となればそちらさまの考えを尊重し、従うのが当然でしょう。わたしは花江さんと二人で、これからの春秋堂を支え盛り立てて行く気でおりますから、婚礼も春秋堂さんの意向に従いたいと思います。父さんと母さんの考えはよくわかりますが、今後のわたしと花江さんをご覧になって、十年後二十年後にもしそれが叶《かな》わなかったときには、強《きつ》くお叱りください」

自分にはとても言えないなあと信吾は半ば感心したものの、呆れてしまったというのが本音だ。「小糠《こぬか》三合持ったら婿に行くな」との諺《ことわざ》があるが、嫁に負けぬ覚悟が婿にもいるのかと軽い驚きを覚えた。となるとヨネの言った、白無垢の花嫁のようなの喩《たと》えもわからなくはない。

「滝次郎さんは、父さんが滝次郎さんのご両親を説得した言葉を、上手に採り入れて決《き》め台詞《ぜりふ》としたのね」

ヨネに言わせるとこういうことだ。

婚礼の進め方を大幅に改めたいと言う善次郎に、滝次郎の両親はそれでは世間がと、かなりの抵抗を続けた。そこで善次郎は力説したのだ。

家を維持し続け、おおきくしていくのは、ほかならぬ若い二人である。とすれば婚礼は花婿花嫁のためにこそおこなうべきではないのか。であれば根底から改めなければならない。多くの人がそうすべきだと感じながら、慣習《しきたり》に囚《とら》われて踏ん切りが付かないでいる。今こそわれわれが、それをやろうではありませんか、と。

「波乃」

「はい」

不意に言われて反射的に波乃は答えてしまったらしく、返辞をしたあとでちいさく舌を出した。

「あなたの父さん、いざとなるとけっこう凄《すご》いでしょう。花江の婿となる滝次郎さんに、そこまで言わせたんだからね。父さんの熱意がちゃんと伝わったのだから」

「はい。見直しました。でも、母さん」

「はい、なにかしら」

「今の言葉は、あたしより信吾さんに聞かせたかったんでしょう」

ヨネは波乃よりずっとおおきな舌を出した。

そのような経緯《いきさつ》があって、大安吉日の三月二十七日に花江と滝次郎の式が挙行され、波乃と信吾は花嫁の妹とその許婚《いいなずけ》として参列した。すでに黒船町で新婚の生活を始めていたが、対外的には許婚で通していたからだ。

ところが式の当日、なんと瓦版書きの天眼がやって来たのである。

当然だが招待している訳ではないし、しかもその身装《みなり》が凄《すさ》まじかった。羽織袴《はおりはかま》を着用していないばかりか、普段着の着流しで、無精にも髯《ほおひげ》、髭《くちひげ》、鬚《あごひげ》を伸ばし、月代《さかやき》も剃《そ》っていなかったのだ。

手伝いの若衆《わかいし》が邪険に追い払おうとする直前に気付き、信吾はそれをなんとか抑えることができた。

「天眼先生、どうして」

真昼間におこなわれるこの婚礼のことを知ったのか、との言葉を信吾は呑みこんだ。底冷えのするような笑いを、天眼が浮かべたからだ。

「おれの渾名《あだな》を知らねえようだな。憶えておきな、地獄耳ってんだ」

だからこそ、ごく一部の人しか知らない、慣例を無視した花江と滝次郎の婚礼を嗅ぎ付けたということだ。

「もう一つある。天の眼だ。つまり天の眼で見て、地獄の耳で何事も聞き逃さねえ、ということだ。信吾よう」

有無を言わさぬ言い方に全身が緊張し、思わず応えてしまった。

「は、はい」

「悪いことはするんじゃねえぜ。おれの目と耳から逃れることはできねえからな。なにも怯《おび》えることはない。悪事を働かなきゃ、書きゃしねえよ」

いている。

　信吾は岡っ引の権六親分に、天眼が町奉行所の同心から瓦版書きになったらしいと聞いている。

　瓦版書きの手当だけではやっていけないので、書かれては困るようなことを文にして、けっこうな金で商家に買い取らせていたのではないだろうか。もと町奉行所の同心なら岡っ引や下っ引にも顔が利くだろうから、小遣銭を与えて情報を仕入れているにちがいない。

「天眼が絡んだら、あとにはぺんぺん草も生えねえよ」

　同業の瓦版書きの一人が、「天眼が」と言っただけで、吐き出すようにそう言ったことがある。敵に廻《まわ》せば怖いばかりか、触れることもできない腫れ物のような男なのだ。

　信吾は気付かれないように注意しながら、瓦版書きの天眼だと善次郎に囁いた。

　手伝いの者に命じて、末席にではあるが膳部を用意させた善次郎は、さすがに商人である。銚子を何本か載せることも忘れない。酒焼けした赤ら顔ならともかく、くすんだような蒼白《あおじろ》い顔なのだが、一瞥《いちべつ》して酒飲みだと見抜いたようだ。

　それだけでなく、善次郎は金一封を天眼の袖に落としたようである。騒動を起こされては困るし、瓦版に変なことを書かれては商売に差し障ると考えたからだろう。

　式にはまるで関心がないという顔で、天眼はひたすら酒を飲んでいた。かなりの速さで盃を口に運んでいたが、顔は蒼褪《あおざ》めたままでまるで赤くならない。

そして信吾が気付いたときには、姿を消していたのである。ところが、小遣いをせびりに来ただけではなかった。

五

翌日の午後、繁華な両国、上野、浅草の広小路などではちょっとした騒動が起きていた。右手に細竹製の字突き棒を持った売り子が、声を嗄《か》らして左手の腕に山成りに載せた瓦版を売っていたのだ。

その一枚を、常連の茂十が「駒形」に持って来たのである。見出しを見ただけでおおよその内容がわかるほどだが、記事を読んで唸《うな》ってしまった。

「よくやってくれますよ、天眼先生」

両国から息せき切って駆け付けた茂十が差し出した瓦版の見出しを見て、信吾は思わず声に出してしまった。

これで変わるか江戸の祝言
異例、真昼間の華燭《かしょく》の典
家よりも花婿花嫁が主役だ

早くも若人《わこうど》の共感を呼ぶ

信吾が両親に話し、正右衛門と繁が仲人と綿密に打ちあわせておこなった、信吾たちの仮祝言。それに参列した善次郎とヨネがさらに追求した、新しく理想的な婚礼のありようが、簡潔かつ明確に書かれていたからだ。

日を変えて別々におこなう花婿側と花嫁側での披露宴の不合理、夜中に近い五ツ半から夜を徹して行う酒盛りの不自然さ、主役であるべき花婿花嫁を蔑《ないがし》ろに、家にのみ重きを置く不条理などなど、現行の婚儀の不可解さが浮き彫りにされていた。

それればかりでない。天眼はそれらに対する老若男女の意見を、賛否両論から取りあげていた。賛成だけでなく否定の意見も明確にしたことで、見出しにあるとおり「早くも若人の共感を呼ぶ」ありさまが活写されていた。

「それにしても、目を惹《ひ》く見出しを付けるものだなあ」

「なにをそんなに感心なさってるのですか、席亭さん」

覗きこむようにして甚兵衛が言ったので、信吾は瓦版を見せた。

「阿部川町《あべかわちょう》の春秋堂、との瓦版売りの声が耳に飛びこんで来ましたんで、もしやと思って買ったんですが。春秋堂さんと言やあ、たしか波乃さんの実家《さと》でしょう」

瓦版を届けてくれた茂十が、横からそう言った。

「えッ、春秋堂さんだって」「波乃さんはたしか席亭さんの」「一体、なにをやらかしたんですか」「ちょっと、それじゃまるで悪事を働いたみたいじゃないですか」「とても悪人には見えませんがね」などと、たちまち人だかりができた。

「みなさん、気になさらずに将棋に励みましょう」と、常連たちの顔を見廻しながら信吾は言った。「ここがどういう所か、おわかりですよね」

「碁会所じゃなかったっけ」

源八が混ぜ返したのでドッと沸いたが、手習所が休みでよかったと信吾は思った。子供たちが集まる日だと、噂《うわさ》に尾鰭《おひれ》が付いてたちまち界隈《かいわい》に広まってしまう。

「将棋会所は、文字どおり将棋を楽しむ所ですよ」

信吾はそう言ったが一拍ばかり遅かったようで、もはや聞いている者はいなかった。

「瓦版といや、これで三度目じゃなかったですかね」

指を折り数えながら古株の素七が言うと、たちまちにして何人もが声に出して唱え始めた。

「一等最初が、宮戸屋の食中《しょくあた》り騒動だった」

「次が、席亭さんがならず者をコテンパンにやっつけた武勇伝だろ」

「それに春秋堂さんの祝言か。なるほど三度目だ」

「ちょっと待ってください」と、信吾は手を振った。「春秋堂さんは、てまえにはなんの関係もありませんよ」

「関係ないことはないでしょう。席亭さんのかみさんは、阿部川町の小町姉妹の妹さんだもの」

その辺りから次々と話が弾み、だれがなにを言ったのかわからないほど騒然となった。

将棋会所「駒形」は、平素は駒音や茶を啜《すす》る音が聞こえるくらいで、至って静かである。大川を行き来する船の、櫓櫂《ろかい》の音が常に聞こえるほどであった。

ところが、ごく稀に話が盛りあがることがある。凡々たるケの日々に挟まれた、ハレの日のようなものだ。

ハレの日は決まっているのでだれもが待ちに待っているが、「駒形」のハレの日は突如やってきた。まるで巨大な渦に捲《ま》きこまれたようになって、将棋を指すのも忘れ、だれもが話に夢中になってしまうのである。

「阿部川町は広い町だけど、だとしても町内にかぎられてしまう。どうせなら、浅草の小町娘がいいんじゃないかな」

「小町娘はまずかろう」

「垣根越しに見ただけだが、大した別嬪《べっぴん》さんだぜ」

「いや、小町がまずいってんじゃないの。娘ってのがね。亭主持ちを娘とは言わんもの」

「だったら娘は入れないで、浅草小町と呼べばいい」

「だけど浅草と言ってしまうと、浅草だけにかぎられるじゃないか」

「当然でしょうが。なにが気に入らないのかな、このお人は」

「狭すぎませんか。せせこましいでしょう」

「だったら江戸小町」

「江戸小町と言ゃぁ、朝顔かなんかの花の品種にそういう名前がありませんでしたっけ」

「小町娘の小町は小野小町《おののこまち》だろう。だったら齢に関係なく娘でいいんじゃないか」

「なんでだよ。だれだって、一生を通して娘ではいられないんだぜ」

「小町小母《おば》さんとか、小町婆《ばあ》さんってのは聞いたことがないものなあ」

「小野小町は生涯亭主を持たなかったってんだから、娘でもいいんじゃないの」

「本当でしょうか。穴なし小町って言われてますので、だったら亭主持ちの訳がなかろうとなったのではないですかな」

「穴なしなんてとんでもない。おれが抱いたときは、あるべきものはあるべきところにちゃんとあったぜ」

「みんな聞いてくれ、大変なやつが現れた。小野小町を抱いたんだってよ。一体いつのことだい」

「そうさなあ。随分と昔のことになるが、あれは伊勢詣《いせまい》りのときだからかれこれ二十年、いや二十五年になるかな」

「ほほう、どこで抱いたんだね」

鼻で笑ったのは、物識《ものし》りを自認している島造であった。

「たしか東海道の」

「二十年か二十五年まえに東海道で、ですかい。どっかの宿場の飯盛り女が、ふざけて小野小町と名乗ったんでしょうな。それがまちがいなく小野小町なら、わたしも出掛けて抱いてみたい」

笑われて相手もムキになった。

「だったら、家に帰って旅支度をするこったな。明日の朝、いっしょに日本橋を七ツ立ちしましょうや。こちとらこの齢まで正直者で通してきたんだ。嘘吐きみたいに言われちゃ、気が治まらねえ」

息巻く男を無視して島造は続けた。

「小野小町と言えば、昔の有名な歌詠みで、六歌仙、三十六歌仙、女房三十六歌仙の一人に選ばれたほどのお人です」

島造が例によって蘊蓄《うんちく》を傾け始めたので、鼻白《はなじろ》んだ者もいたが、感心した人のほうが多かった。

島造によると、六歌仙とは『古今和歌集』の序文に書かれた、六人の代表的な歌人のことだそうだ。僧正遍昭《そうじようへんじよう》、在原業平《ありわらのなりひら》、文屋康秀《ふんやのやすひで》、喜撰法師《きせんほうし》、小野小町、大友黒主《おおとものくろぬし》で、その一人に選ばれたのだから大したものである。

「へえ。すると小野小町ってのは、弁天さまみたいなもんだね」

「そりゃ、弁天さまみたいに、両手をあわせて拝みたくなる所もあるだろうが」

「この人は、なんか妙なことを考えてんですよ、きっと。拝むたっておそらく臍《へそ》の下でしょう」

「弁天さまは七福神の中で女一人、小野小町は六歌仙の中で女一人」

「だから、どうだっての」

「さぞや、モテただろうな」

その『古今和歌集』にある次の歌が、小野小町の歌では特に有名だと島造は紹介した。

　花の色は移りにけりないたづらに
　　我が身世にふるながめせしまに

その歌なら聞いたことがあるとか、なにかで読んだとでも言いた気にうなずいた者が何人かいた。

花は歌の世界では、桜の花ということになっている。色は実際の色彩だけでなく、女性の容色の意味も持つ。この歌は、見た光景に自分の思いを重ねたものだと島造は解釈した。

　雨が降り続けるあいだに桜の花が色褪《いろあ》せてしまった、というのが表の意味である。日々の暮らしの中で物思いに耽《ふけ》っているあいだに、わたしの容姿は虚《むな》しく衰えてしまった、という小町の嘆きが裏の意味だそうだ。

「先ほど、伊勢参宮の折に東海道の宿場で抱いたとおっしゃった御仁は、大したお方ですな。なぜなら小野小町は、九百年か千年も昔に出羽国《でわのくに》で生まれたお方ですよ。八百比丘尼《やおびくに》ならともかく、いかに長命な方だろうと」

　阿部川町の小町姉妹から話題は次第に拡《ひろ》がっていったが、さらに拡散しそうであった。

　しかし信吾の気持は、いつしか常連たちの騒ぎからは遥かに離れていた。

　あまりにも情報が少ないので、もっと詳しく知りたいからと、庄太郎と千枝には後日を期して帰ってもらったのである。ところが迂闊なことに、二人とも相手の住まい、本名、商売や屋号を聞いていなかった。

　そのため連絡を待つしかない。

　今日か明日かと待っているのに、庄太郎も千枝も一向に姿を見せなかった。信吾と波乃は自分たちの甘さを痛感しているので、食事を共にし、枕を並べて寝ながら、その話題に触れることはない。

信吾にすれば「よろず相談屋」でそこその実績を挙げ、波乃の能力を評価して「めおと相談屋」に切り替えたばかりである。二人で取り組んだ最初の相談事で、しかも遣《や》り甲斐《がい》のある仕事であった。となると今後のためにも、なんとしても成功させねばならない。

「変わりますかねえ、お江戸の祝言は」

瓦版を読み終えた甚兵衛がそう言ったので、信吾は答えた。

「変えたほうがいい部分は、たくさんあると思いますが、どうでしょう」

大黒柱の鈴が三度鳴ったので、来客以外の母屋からの合図だ。

柴折戸を押してもどると、八畳の表座敷で波乃が待っていた。沓脱石《くつぬぎいし》からあがると、紙片を見せながら言った。

「宮戸屋の小僧さんが、これを届けてくれました」

見ると春秋堂での異例の婚礼を取りあげた、天眼の書いた瓦版であった。

浅草広小路でも大々的に売り出したはずだから、両親の正右衛門か繁、それとも弟の正吾が気付いたのだろう。あるいは宮戸屋の贔屓客《ひいききやく》や出入り業者かもしれない。いや、意外と耳聡《みみざと》い祖母の咲江ということも考えられた。

「波乃は読んだようだけど、どう思う」

女房でもあり相棒でもある波乃は、ひと呼吸おいて言った。

「ここに書かれているように、変えたほうがいいところはたくさんあると思いますけど、そうなるまでにはかなり掛かりそうですね」

六

「旦那さま」

客同士の対局を見ていると、庭からモトが声を掛けた。朝の四ツ（十時）ごろである。

「お客さまがお見えなので、奥さまが母屋へおもどり願いますとのことでございます」

波乃が鈴の合図でなくわざわざモトを寄越したとなると、特別な客人ということだ。

信吾は時間が掛かるかもしれないのでよろしく頼みますと、甚兵衛と常吉に断ってから、日和下駄を突っ掛け柴折戸を押した。

押しながら驚いた。

八畳間で波乃が相手をしているのは若い男女であったが、男はなんと庄太郎であった。とすれば女は小夜か千枝ということになる。

まさか、と思わざるを得ない。信吾も波乃も待ちくたびれて、連絡はないかもしれないと半ば諦めていたのだ。本人が、それも二人がそろってやって来るとは、思いもしなかった。

女はごく当たりまえの表情だが、庄太郎は強張った顔をしていた。

モトに続いて母屋の庭に入ろうとする信吾に気付いて、女は微笑みながら会釈した。気配を感じているだろうに、庄太郎は畳に目を落としたままであった。

モトは建物の横を通って裏手に廻った。

「いらっしゃいませ」

声を掛けながら沓脱石からあがると、信吾は波乃の横に坐った。

「初めてのお客さまを紹介しますね」

波乃が明るい声で言ったが、会って話したことのある庄太郎をまえにして「初めての」と言うからには、それなりの事情があるということだ。

「庄次郎さんと八千枝《やちえ》さんです」

聞くなり噴き出してしまい、信吾は照れ隠しに首筋をピタピタと叩《たた》いた。

そういうことですか。それにしてもなんとまあ、と呆れるしかない。しかし少しも不快ではなく、むしろその逆であった。

庄次郎は庄太郎の名で相談に来て、偽名の話になったとき、冗談っぽく「庄次郎、とでもしますかね」と言ったことがある。八千枝は千枝の名で波乃に相談に来たが、そんな二人がそろってやって来たのだ。

となると状況が一変したということだろう。なにか言うべきだとわかってはいるのに、言葉が出てこない。

ようやく口を開きはしたが、間抜けなことを言ったものである。

「お二人がおそろいで」

「そんなことは、とても許してもらえません」

そう言ったのは八千枝であった。女友達を訪ねると言って供を連れて家を出、友達に言い含めてから黒船町に来たそうだ。

モトが供の女の相手をしているのだろう。

八千枝は親を騙《だま》した訳だが、母親は自分も娘時代におなじようなことをしただろうから、おそらく見抜いているはずである。

庄次郎に目を向けると、少し詰まり気味に言った。

「てまえは奉公の身ですので、勝手な真似《まね》は許されません。何日もまえから、今日は実家に用があると言っておきました」

八千枝とはずらして見世を出て、ここで落ちあったということである。

「いやはや、恐れ入谷の鬼子母神《きしもじん》ですね」

やっとのことで信吾はそう言った。

「なにがあっても、自信たっぷりの顔を崩したことのない相談屋のあるじが」と、波乃が笑いを堪えながら言った。「これほどの戸惑いを見せたのは初めてですよ。女房としましては、亭主の思いもしない弱みを摑《つか》んでしまいました。夫婦喧嘩《ふうふげんか》のときに、切り札として使えますね」

客の二人は、まるっきり逆の反応をした。

八千枝は手を口に押し当て、肩を細かく、でありながら激しく震わせている。懸命に笑いを堪えているのだ。庄次郎も小刻みに体を震わせているのだが、こちらは顔を引《ひ》き攣《つ》らせたままであった。

「信吾さん。わたしが悪うございました」

切羽詰まった声と同時に、庄次郎は畳に両手を突くと深々と頭をさげた。

「嘘を吐いて騙しておりました。どうか恕《ゆる》してください。わたしは庄次郎なのです」

「はい。存じあげております。つい先ほど波乃に紹介してもらったばかりですから」

不意に顔をあげたが、目が真ん丸になっている。皮肉で言ったつもりはなかったのに、どうしていいかわからず困惑し切っているのだ。

「恕すも恕さないもありません。わたしは騙されたなどと思っていませんよ」

「ですが」

「相談所にお越しの方で本名を名乗られたのは、一割二分三厘四毛しかおられません。もっともこの数字は当てずっぽうですが、それほど少ないのです」

「ですから気になさらないで」と、横から波乃が口を添えた。「八千枝さんも、千枝さんだと可愛《かわい》らしい嘘を吐きましたからね」

　八千枝がクスンと笑いを洩《も》らした。

「だれだってご自分の悩みを、赤の他人に知られたくはありません。ですから一割二分三厘四毛以外の方は、仮名、偽名を使われるのです。わたしは嘘を吐かれたとか、騙されたなどと思ってはいませんよ」

「そうはおっしゃっても」

「こういうときに便利な言葉があります。方便ですが、意味はご存じですね」

「嘘も方便の方便でしょう」

「方便、なんとも味のある言葉ではありませんか。仏さまの教えで、衆生を真《まこと》の教えに導くために用いる仮の手段だそうです」

「さすが相談所のあるじさんですね。そんなことまでご存じなのですか」

「こんなときはおだやかに笑うだけで返辞を控えていると、いかにも物識りらしく見えるのでしょうが、白状します。檀那寺の和尚さんが教えてくれたのですよ」

「それを伺って、気持がすっかり楽になりました」

　表情がやわらかくなったのを見て、八千枝が庄次郎に笑い掛けた。

「だから言ったでしょ。相談屋のあるじさんは太っ腹だから、そんなことに怒ったりしないって」

「なぜなら、嘘を吐かなければならない人のほうが、吐かれるよりも遥かに辛いですからね。それに悩みが解決すると、どなたも本名を明かしてくださいますから。あれッ」と信吾は、わざとらしいとは思ったがかまわず言った。「庄太郎さんと千枝さんが、庄次郎さんと八千枝さんということは」

「あら、いけない」と、言ったのは八千枝であった。「庄次郎さん、わたしたち、そのことで来たのに」

「そうでした。実は思いも掛けないことになりまして」

庄次郎の言葉を受けて、波乃がはしゃぎ気味に言った。

「ああ、よかった。それを聞きたくて旦那さまを呼びにやったのに、なかなかそちらに話がいかないのですもの」

「だって話しにくいことですから」

「あら、どうしてですの」

「肩透かしを喰ったと言うか、あまりにも呆気《あっけ》ないというか。どうして二人はあれほど悩み苦しんだのかと、狐《きつね》に抓《つま》まれた思いでしたから」

ある日、八千枝の父親の営む見世がなにかと恩恵を被り、そこと円滑にいかなければ経営が成り立たないという、取引先の番頭がやって来た。八千枝の婿養子の話を持って来た男なのだが、番頭の話を聞いて父親は蒼白《そうはく》になった。

八千枝との養子縁組の話を、なかったことにしてほしいと言われたからである。父親にすればまさに青天の霹靂《へきれき》で、そんな事態になれば見世は潰れかねない。一家が、そして奉公人とその家族が路頭に迷うことになる。落ち度があったのならなんとでもするので、思い直していただけないかと父親は訴えた。事情はわかるが奉公人の身ではいかんともしがたいと、番頭は首を振ったのである。

しかし父親としては受《う》け容《い》れることができない。なおも懸命に訴えると、番頭は困り果ててしまったようだ。そしてついに、取引に関しては支障が起きぬよう、自分の責任でこれまでどおりの商いを維持すると約束したのである。

それを聞いた父親は、となると言うに言われぬ事情があるのだと直感した。すべてを番頭に任せ、自分は帳簿に目を通して確認するだけの旦那もいなくはない。だが同業の寄合いに出、宴席で親睦を図るだけというあるじではなかった。常に先頭に立って采配を揮《ふる》い、対外的なこともあるので番頭や手代を置いているが、番頭といえども主人にとっては単なる駒にすぎない。

それなのに一介の番頭が、自分の責任でなどと言える訳がないのだ。となると掛ける圧力が変わってくる。じわりじわりと圧迫すると、たまりかねた番頭は、絶対に内緒にしてもらいたいのだがと、何度も念を押した末に打ち明けた。

扱う額が一桁はちがうおおきな商いをしている取引先から、ぜひご子息を娘の婿にとの話があったのだ。八千枝の婿となる予定だった男に、である。かなり我儘《わがまま》な娘らしいのだが、親にすれば見世をおおきくする足掛かりになるので、なんとしても受けたい。

そのような事情があって、番頭を断りに寄越《よこ》したのである。いくらなんでも一方的で申し訳ないので、これまでどおりの、いやそれ以上の取引を続けるとの条件を付けて、であった。

番頭が自分の責任でなどと、もったいぶって言えることではなかったのだ。となれば八千枝の父も商人である。取引先の慶事であれば、これ以上のゴリ押しはできませんので、承知するしかありません。立派な婿を迎えられると大喜びしていた娘には可哀想だが、なんとか諦めさせますと恩を売ることを忘れなかった。

八千枝が手代の庄次郎に思いを寄せているのを知っている母親は、落胆した表情を見せながら、内心では諸手《もろて》を挙げて快哉《かいさい》を叫んでいた。でしたら止《や》むを得《え》ませんので、身内のたしかなところで土台を固めましょうよと夫に持ち掛けた。

そうは言っても親類縁者に釣りあいの取れる若者はいないとの亭主に、血縁ではなくて奉公人ですよ、と話を庄次郎のほうに持って行く。庄次郎はまだ二十歳だが、有能だし取引先の受けもいいので、ほどなく番頭にしようと言っていたではありませんか。娘の八千枝と見世を託すのに、あれほどの人はいないと思いますけど、と。

おまえはそう言うが、八千枝の気持をたしかめてからでないと、と亭主はそれほど乗り気ではない。でしたら二人を呼んで訊いてみましょうよと、母親は内心ほくそ笑みながら筋書きを運んだのであった。

七

「わたしと庄次郎さんは、別々に呼び付けられましてね。ピンときたわたしは、一世一代の大芝居を打ちました」

そう言った顔が輝いている。いっしょになれる報告に来たとのことだったが、本当は自分の手際の良さを自慢したくてうずうずしていたらしい。

「縁談の話がご破算になったと言われて、それでは見世が立ちゆかないのではないですかって、まずそのことを持ち出したの。押し付けの縁談、それも見世の実力のちがいを見せ付けてですからね。それが立ち消えになったので、これで庄次郎さんといっしょになれるかもしれないと思うと、雀躍《こおどり》するくらいうれしかった。だけどそんな素振りは曖気《おくび》にも出さず、見世のため親のためにって、涙を流しながら目一杯の芝居をしたんです。なにもおまえがそこまで気を遣わなくてもいいと言われたけれど、わたしは一人娘ですからって、あれこれ粘りに粘って」

そうしながら父親から、信吾と波乃に話した経緯を細々したところまで訊き出したのだから女は怖い。その努力が実って庄次郎との結婚に漕ぎ着けたのだから、自慢したくなるのはむりもないだろう。

それを信吾と波乃に平然と話したということは、式を挙げるまえから庄次郎は八千枝の尻に敷かれている、ということではないだろうか。「小糠三合持ったら婿に行くな」の諺は、まさにこのことを言っているのだ。信吾は庄次郎に同情せずにいられなかった。八千枝はあとで母親に、「よくあそこまでやるわね」とお尻を打《ぶ》たれたそうだ。宜《むべ》なるかな、である。

「すると、庄次郎さんが来られた次の日に八千枝さんがお見えになられましたが、申しあわせたのではなかったのですね」

信吾は二人に訊いたのだが、答えたのは八千枝であった。

「ええ、だってそれまでほとんど二人で話したことはありませんでしたもの。わたしが先に呼ばれて、せっかくの話が破談になったけれど、おまえもそろそろ身を固めねばならない。ついては手代の庄次郎を番頭にするから、一、二年後にどうかって」

「待ってましたとばかり」

「とんでもない。お父さまお母さまがおっしゃるならそういたしますが、庄次郎さんがうんと言うかどうかって」

「絶対に、うんとおっしゃると自信はあったんでしょう」

波乃がわかり切ったことを訊いた。

「ですけど、おおきな縁談が破談になったばかりなのに、待ってましたって飛び付けないでしょう。そこはそれ、型どおり庄次郎さんがなんと言うかって、しおらしく」

「奉公人にとっては身に余る光栄です、と」

信吾がそう言うと庄次郎は苦笑した。

「なにもかもお見透しなんですね」

「八千枝さんのご両親からいっしょになるようにと言われて、そのあとでわかったんですね」と、波乃が言った。「お二人がべつべつにこちらへ相談に見えたことが」

「二人ともびっくりしましてね。でも、うれしかったな、庄次郎さんが、そこまでわたしといっしょになろうと思ってくれていたとわかりましたから」

「だったらお二人に、ぜひ見せたいものがありますよ。婚礼の式を挙げられるとのことなので、ささやかなお祝いにもなるかな」

信吾がチラリと目をくれると、波乃はすぐにわかったようだ。

「ちょっとお待ちくださいね」

すぐにもどると、波乃は庄次郎と八千枝のまえにそれを拡げた。天眼が書いた例の瓦版である。

「ともかくお読みになって」

庄次郎と八千枝は体を寄せあって、真剣に読み始めた。

読み進めるにつれて二人が昂揚《こうよう》してゆくさまが、手に取るようにわかる。目が輝きを増し、頬が次第に桃色に変わったかと思うと、首筋に赤味が差して、耳朶《みみたぶ》まで紅色に変わった。

「いいわね」

「いい。これはいい。こんなふうな式にしたいけど」

「難しそうね」

庄次郎と八千枝は顔を見あわせ、その顔を信吾と波乃に向けた。

「親とか親類の人が、絶対にダメだと言い張ると思うの。頭が固いし、世間体を第一に考えますからね」と、波乃が言った。「でも、そこに書かれている二人は、親を説得して自分たちの思いどおりの式を挙げられたわ」

「なにか、ご存じなんですか」

八千枝が意気込んでそう言ったが、波乃が笑って答えないと、今度は庄次郎が体を乗り出した。

「その秘密をご存じなんですね、波乃さん」

「教えてあげなさい。お祝い代わりだから」

信吾に言われて、波乃は二人に何度もうなずいて見せた。

「そこに取りあげられた花嫁のお母さまが、そっと教えてくれたの」

「お知りあいの方なんですか」

「ちょっとしたね」

そう言って波乃はにこりと笑った。その花嫁が自分の姉だと言わなかったのは、万が一、八千枝と庄次郎が洩《も》らした場合のことを考えたからだろう。花江や滝次郎、さらには春秋堂に迷惑が掛からぬよう配慮したにちがいない。

「だけどうまく運ぶには、二人に一世一代の大芝居を打ってもらわなくちゃなりません」

八千枝の先ほどの台詞をさり気なく使うところなど、波乃はなかなかの策士である。

「やりますやります。どんなことだってやりますから」

「それだけ意気込んでいたら、なんとかなると思います。まず八千枝さん」

「は、はい」

「うまくいくかどうかは、あなた次第ですからね。ともかく、ご両親を説き伏せてもらわねばなりません。これまでの式が、いかに形ばかりを重視する古臭いものであるか。自分たちの考えている方法がいかに理に適っているか、に重きを置きます。いいこと、一人娘であることを最大の武器にするのです。そうすれば絶対に、親は折れるしかありませんから。そして庄次郎さん」

「は、はい」

返辞まで八千枝とおなじであったが、とすればこの二人もある意味で似た者夫婦ということなのか。いや式がまだなので夫婦ではないが、そうなることはまちがいないだろう。

「八千枝さんのご両親以上に頑固に、首を横に振り続けるのがあなたのご両親です。庄次郎さんはその首を、縦に振らさなければなりません」

庄次郎は返辞もできぬほど息を詰めている。

「八千枝さんはなんとしても、ご自分のご両親を説得してくれるはずです。八千枝さんの最大の武器は、一人娘ということです。庄次郎さんにはなにがありますか」

「わ、わたしにはこれといって武器など」

「あるのです、強い武器が」と、きっぱりと波乃は言った。「婿養子ということです」

「ですが、それは弱み、弱点でしょう」

「そのままではそうでしょうけど、それを強い武器に変えるのです。考えてください」

庄次郎は懸命に考えた。八千枝はひと言も挟まずに、真剣な眼差《まなざ》しを向けているが、内心で「頑張って、頑張るのよ」と声援を送っているのがわかるほどであった。

「わかりましたか」

「わかりません」

庄次郎は今にも泣き出しそうなほど半ベソを掻《か》いて、見ていても気の毒なほどだ。

「それを教えます」

波乃がそう言うと、庄次郎はふーッと特別におおきな溜息を吐いた。

「こう言うのです」と波乃は庄次郎を、それから八千枝を見て続けた。「わたしは婿入りする身です。となればそちらさまの考えを尊重し、それに従うのが当然でしょう。わたしは八千枝さんと二人で、家を支え盛り立てて行く覚悟でおりますから、婚礼もその意向に従いたいと思います。父さんと母さんの考えはよくわかりますが、今後のわたしと八千枝さんをご覧になられて、十年後二十年後にもしそれが叶わなかったときには、強くお叱りください」

なんのことはない。波乃の母ヨネが二人に話してくれた、花江の夫となった滝次郎が自分の両親を説得した台詞を、そのまま流用しただけである。

「わかりましたか」

「は、はい」

「お二人とも挙式までにしっかり、自分の言葉にしてくださいね」

「信吾さんと波乃さん、本当になにからなにまでありがとうございました」

八千枝が目を向けると庄次郎がうなずき、二人は同時に懐から紙包みを取り出した。

そして八千枝が波乃に、庄次郎が信吾に手渡したのである。

「本当に気持ちばかりなんですが」

「どうか受け取ってください」

八千枝と庄次郎に言われ、信吾はそれまでに見せたことのない困惑顔になった。

「だって、わたしたちはなんのお役にも立てなかったのに」

信吾の言葉を受けて波乃が付け加えた。

「そうですよ。八千枝さんに婿入りすることになっていた方の、勝手極まりない事情で、偶然いい結果になっただけですから」

「かもしれません。でもわたしたちは、信吾さんと波乃さんが親身になって考えてくださったから、それが今回のいい結果に結びついたと思っています」

庄次郎がそう言うと、八千枝はちょっとお道化《どけ》た顔になった。

「あれだけ考えに考え、悩みに悩んだというのに、これっぽっちじゃ話にならんと突き返されそうな、恥ずかしいほどのお礼なんですよ」

八千枝の話が終わったときには信吾は庄次郎から、波乃は八千枝から謝礼の包みを手渡されていたのである。こうなると、突っ返せば野暮だと笑われても仕方がない。

「でしたらお二人の気持として、ありがたくいただくことにします。ですが」と、信吾は言った。「いただくだけでは申し訳ないので、八千枝さんに庄次郎さんの秘密をお教えしましょう」

「ええッ、秘密ですか」

二人が同時に声をあげたが、八千枝は期待に目を輝かせ、庄次郎は不安でならぬという顔になった。

「庄次郎さんは酒乱です」

「本当ですか」

八千枝はさすがに驚きを隠せない。

「と、わたしたちに嘘を吐きました。酒乱の人は、自分は酒乱だとは絶対に言いません。庄次郎さんが自分は酒乱でないと言い張れば、そのときはまちがいなく酒乱になり果てたということですから。ここに連れて来なさい。わたしが責任を持って、きっちりと治してあげますから」

「それだけだと庄次郎さんが気の毒ですので、あたしからは八千枝さんの秘密を教えましょう。八千枝さんの一番好きな花は桜です。ですから毎年、花見に連れて行ってあげてくださいね。それから、桜の樹の下で踊り乱れることがあっても、それだけは大目に見てあげていただかないと」

二人を送り出したあとで紙包みを開くと、それぞれに一両が包まれていた。

看板を「めおと相談屋」に書き換えて、二人が取り組んだ最初の相談である。棚から牡丹餅《ぼたもち》的《てき》な結果に終わり、初の仕事に泥を塗らずにすみはしたが、信吾の気持は複雑であった。

「やはり自分の力で解決したかったなあ。あれこれ悩まずに、めおと相談屋に任せてくださいよと、庄次郎さんに豪語しただけにね」

「あたしだって八千枝さんに、わたくしども夫婦で全力を尽くさせていただきますって言っちゃいました」

「でも、二人で解決した訳ではない」

「あたしもそれが心に引っ掛かってましてね。でも庄次郎さんがおっしゃったでしょ。あたしたちが親身になって考えたので、いい結果に結び付いたって。あのとき思ったの。もちろん結果は大事で、努力しなければならないけれど、どうなったかは、どうやったかによって決まるのかもしれないって」

「どうなったかより、どうやったかが大事だと言うのかい」

「そうじゃありません。もちろん相談屋ですから、相手の方の悩みを解いてあげなければならないと思います。だけど良い結果にならなければと、そちらにばかり重きを置けば、身動きが取れなくなってしまうのではないかしら。ですから今度のようなことがあってもいい、とあたしは思うのです」

　結果良ければすべて良し、という形で波乃は納めたいのかもしれなかった。しかし、信吾としては釈然としない。

婿になることを強要した相手側の勝手な理由で、幸運にも八千枝は庄次郎と結ばれることになった。だが相手が約束を反故《ほご》にしなかったら、信吾と波乃は二人の相談を解決できなかった可能性が高い。

「もしもあのまま終わっていたら、これから受ける相談事に暗い影を落とさずにおかないだろう、ってお考えね。信吾さんは」

「それが事実だもの。波乃のように気楽には受け取れないのだ。あっけらかんとしてはいられない」

「変よ、変。信吾さん、変わったのかしら」

「変わったって」

「ええ、すごく慎重になったって気がする。なったというより、なりすぎているんじゃないかしら。波乃のことをあっけらかんって言ったけど、あたしに言わせると、信吾さんこそあっけらかんなの。世間からは離れたところにいて、まるでそんなものには囚われていなかった。だからあたしは、いっしょになるのはこの人しかいないと思いました」

「なのに、がっかりさせないでくれ、と言いたいんだな」

波乃はぺろりと舌を出した。

「あたしといっしょになったために、なんとしてもこの女は自分が護《まも》ってやらなきゃ、なんて世間一般の男の人みたいなことを考えたのかしら」

　男なら当然だろうと思ったが、そう言える状況ではなかった。

「自分では思ってもいなかったけどね」

「考えてはいないかもしれない。だけど考えかけていた」

「危ういところだったという訳か」

「あっけらかんとしていてくださいね、信吾さん。いつまでも」

「波乃こそ、あっけらかんだと思っていたんだけどね」

「だったら、あっけらかん同士でいいじゃないですか。今度の八千枝さんと庄次郎さんの相談はね、神さまが、あたしたちがあっけらかんでいられるかどうかを、試そうとしたのかもしれません」

「ということは、なんとか試験には受かったのかな」

「運も力のうちって言うでしょ。だとすればあたしたちは、運でさえ引き付けるほどの力を持ってるってことだわ。もし勘ちがいだとしても、そう考えたほうが楽しいじゃないですか」

「わたしは、とんでもなく良《い》い嫁さんをもらったようだな」

「そう考えると、すっかり気が楽になったでしょ」

「となれば、これには手を付けず、神棚に祀《まつ》っておくとしよう」

信吾がそう言うと、波乃は少し考えてから言った。

「そうですね。これからも、難問や辛い相談はあるでしょうけど、そんなときにはこのお礼を励みに頑張りましょう」

波乃は神棚に二つの包みをあげると両手をあわせて拝み、信吾は波乃に向かって手をあわせた。「よろしく頼みますよ、女房大明神さま」、と。

解説

先崎学

「初王手目の薬」ということばがあって、今では死語となっている。江戸時代からあることばで、正確な意味があるわけではない。将棋においてはじめての王手なんて相手が逃げるに決まっているから、当時の目薬のごとくで、ほとんど効き目がない、という説が有力だが、他にもはじめての王手は目薬のように気持ちがいいなど、他にいくつも説がある。

その昔、将棋というものは押し黙ってやるものではなかった。一手一手、相手の指す手をからかうように喋《しゃべ》りながらやるものだったのである。地口を飛ばし、へらず口を叩《たた》き賑《にぎ》やかに指すものだった。だから他にも山ほどこうしたことばがあった。たとえば、

「取るに取られぬ魚屋の猫」
「歩ばかり山のほととぎす」

などである。魚屋の猫は魚が商売物だから自然と店の空気を読んで——とか、歩ばかり駒を取ってしまって、他の価値の高い駒がなくて——などと現代風にきちんと意味を

考えてはいけない。意味なんて考えるのは、当時の感覚でいえば「野暮」であり、皆であーでもないこうでもないと口から泡を飛ばし合って、その場に「活気」が生まれることが重要（そんなこと意識しなかったろうが）なのである。

初王手目の薬ということばは、実は私が色紙によく書くものである。棋士が色紙を書く時は、芸能人やスポーツ選手のように名前だけではなく、何か一言書けといわれるのだ。政治家の色紙のようなイメージである（相撲取りなら手形をポン、だ）。いまの若い人は、「難読四字熟語」などでググって格好いいことばを探すのだろうが、そんな裏話はいいとして、三十数年前、私が棋士になったころは、そんなことができず、皆困っていたのである。

そこで私が目をつけたのが、江戸時代から伝わる地口だった。その当時ですら死語となりかけていたはなしことば、書物などに残ることが少ない庶民の口から出ることばを色紙に書きつづけて三十年になる。

よくファンの人にいわれる。「これ、どういう意味なんですか？」。私はこんな感じに答えることが多い。「べつに深い意味はないです。百年以上、将棋を指す時に皆口に出した文句なんですよ」。怪訝《けげん》な顔をされるとこう付け加える。「意味なんてどうでもいいじゃないですか」

それでいいのだ、と思う。深い考察なんてくそくらえ。その場が楽しければいいのだ、というのが、将棋をはじめとする大衆娯楽なのだと思う。

今の時代、人はことばにきちんとした意味を求め、娯楽は真剣に打ち込むものになり、したがって、将棋も黙ってやるものになった。だいたいにおいてほとんどの人が人とやるのではなく（最近では「リアル将棋」とわざわざいうくらいである）、将棋はネットでするものだ、という感じである。東京都内に、定席の将棋道場は三十くらいしかない。

本書の主人公信吾が運営する将棋会所「駒形」は、江戸の当時、おそらくそこら中にあったであろう将棋会所（道場）の空気に溢《あふ》れている。

おもしろいのは、作中の彼らのやり取り、考え事が、今の将棋道場を経営する人たちとほとんど同じということである。作者が現在からヒントを得たのかもしれないが、娯楽産業というものは、時代は変わっても本質は変わらないということなのだろう。

たとえば、前シリーズ『やってみなきゃ　よろず相談屋繁盛記』のなかの「一年長いか短いか」では、会所の一周年、ということで記念大会をするが、これは今でも多くの将棋道場がやることである。また、その話のなかでは、大会に賞金を出そうということになって、お金の捻出のために奉加帳を回そう、ということになるが、これは、地方の将棋道場が、町の有力者から寄附を集めて、せっかくだからプロ棋士を呼んで大会を賑やかにしようというのとまったく同じである（作中では、二三百文を席亭が負担することになるが、これも現在においてもよくあることである）。

今回の『次から次へと　めおと相談屋奮闘記』においては「将棋指し」という作品が収録されている。文字通り、将棋中心のはなしだが、やはり会所の運営のはなしが出てくる。

大人の席料が十二文で子供が八文——これってありなの、なしなの？　この問答がおもしろい。

実はこれは今でも将棋道場の経営者が直面する問題なのである。今も昔も男の子は将棋が好きだ。だから通ってほしいから安くしたいが、ちいさな道場だと経営にかかわる。子供が多くなると大人が来なくなるので（うるさいから）稼ぎがすくなくなり切実な問題なのだ。

そんなこんなではなしていると、突然湯屋のはなしが出てくる。

「なぜ子供は、大人より四文も少なくていいんだろう」

「大人よりちいさいから、流す湯の量が少なくてすむからではないでしょうか」

なんか違うのだが、そこがおもしろいのである。

結局この問題は席亭の次の一言がとどめになった。

「将棋は将棋盤をあいだにして向かいあえば、強いか弱いかだけが問題になって、それ以外のことは一切関係がなくなります」

そしてつづけて席亭はいい放つ。

「お武家さんであろうと、お商人《あきんど》、お職人、お百姓、お坊さん、そういう身分や仕事に、それればかりか大人か子供かも関係がありません。ハッさんのような女の子だっておなじです。将棋盤を挟んで坐《すわ》れば、だれもがまったく対等、つまりおなじになりますからね。それなのに席料がちがったら、おかしくないですか。湯銭よりよほどはっきりしてますでしょう」

これは今の将棋界——いやあらゆるゲーム事に共通するポリシーで、今風にアレンジすると国籍、人種、貧富、男女、それらのことがまったく関係しない——というのが、ゲームの素晴しいところなのだ。そういうゲームマインドが身分制度を超えて江戸時代にあったかどうかはさておき、金も地位もない庶民の側に、そうした反骨精神のようなものがあったことは容易に想像できる。

本作のなかで、私がぐいと心を摑まれたのは、女強豪（?）のハッが、「あたしは将棋指しなの」といい放つ場面である。

女の子扱いしないで、といって、あたしはね、あたしはね、といって将棋指しということばを発する。それに信吾が感服する。これはいいなあ。実にいい、と。

いうまでもなく、将棋指しというのは、棋士をくだいたことばである。棋士というと囲碁将棋混同するから、碁打ち、将棋指しというういい方をする、ということもある。しかし、やはり棋士にとって主たるニュアンスは、自分たちは腕一本で喰《く》っている力の世界に生きる人間なのだ、という矜持《きょうじ》を持って使うことばなのだ。棋士というと、士がつくから、すこしお高くみえるが、そんなんじゃない、基本は荒くれ者、誇り高き者である、という感性が、そこにはたしかにあるのだ。力士を相撲取りといったり、テレビを制作する人たちが自らをテレビ屋と呼ぶのと一緒である。

ハツが使う、将棋指しということばには、彼女の技術、情熱がもたらす、将棋に対する思いがある。なるほどタイトルの意味があるわけで、これが「棋士」という題で、ハツが「棋士」ということばを使ったのでは、なんともしまりがなくなってしまう。

それにしても、教える大人と教わる子供たちの幸せな関係、そこに流れている空気のよさに驚き、うらやましく思うばかりである。「将棋指し」のラストの部分の数行は、今でも現実によくある事柄で、こういう半分損得抜きでやっている人に支えられて、今の将棋界はある。まして昔はもっとそうであった。将棋には人を動かす熱量のようなものがあって、それが人々が集った時に、どんどん強いものとなって、なんとなく気軽にはじめたのに、気がつくとどっぷりはまってしまう。アマチュアだけではない。プロの棋士とて同じなわけで、子供のころなんとなく将棋をはじめたら、魔力にやられてしまって、プロの世界に入り、今に至るのである。

将棋も囲碁も、江戸時代に天才、英才たちが現れ、技術の向上に貢献した。プロの棋士は、幕府から禄を与えられ、心血注いで盤に向かった。維新があり、苦難の時代があったが、戦後になってふたたびよきスポンサーを得て、今の隆盛につながっている。様々な局面を乗り越えてきた我が世界だが、支えとなったのは、「駒形」であり信吾であり、そして「将棋指しなの」というハツのような子供たちの将棋に対する凜《りん》とした姿勢なのではないか。本書はプロの将棋指しにとっても多くの示唆を含む作品である。

（せんざき・まなぶ　棋士）

本書は、集英社文庫のために書き下ろされた作品です。

本文デザイン／亀谷哲也［PRESTO］
イラストレーション／中川 学

集英社文庫

次《つぎ》から次《つぎ》へと　めおと相談屋奮闘記《そうだんやふんとうき》

2020年9月25日　第1刷
2020年11月10日　第2刷

定価はカバーに表示してあります。

著　者　野口《のぐち》　卓《たく》

発行者　徳永　真

発行所　株式会社　集英社
東京都千代田区一ツ橋2-5-10　〒101-8050
電話　【編集部】03-3230-6095
【読者係】03-3230-6080
【販売部】03-3230-6393（書店専用）

印　刷　図書印刷株式会社

製　本　図書印刷株式会社

フォーマットデザイン　アリヤマデザインストア　　マークデザイン　居山浩二

ISBN978-4-08-744160-4 C0193